马、骆驼和导盲犬

〔苏联〕瓦·德·维利卡诺夫 / 著

邹烈贞 / 译　奇迹 / 绘

广西师范大学出版社
GUANGXI NORMAL UNIVERSITY PRESS
·桂林·

战马、骆驼和导盲犬

Zhanma Luotuo He Daomangquan

出品人：柳　漾

编辑总监：周　英

项目主管：冒海燕

责任编辑：陈子锋　徐　婷

装帧设计：林格伦文化

封面设计：李　坤　潘丽芬

责任技编：李春林

图书在版编目（CIP）数据

战马、骆驼和导盲犬／（苏）瓦·德·维利卡诺夫著；
邹烈贞译；奇迹绘. --桂林：广西师范大学出版社，
2017.9（2019.3 重印）

（魔法象. 故事森林. 世界大作家寄小读者丛书）

ISBN 978-7-5495-9828-1

Ⅰ．①战… Ⅱ．①瓦…②邹…③奇… Ⅲ．①儿童小
说 – 中篇小说 – 苏联 Ⅳ．①I512.84

中国版本图书馆 CIP 数据核字（2017）第 127982 号

广西师范大学出版社出版发行

（广西桂林市五里店路 9 号　邮政编码：541004
网址：http://www.bbtpress.com ）

出版人：张艺兵

全国新华书店经销

河北锐文印刷有限公司印刷

（河北省石家庄市鹿泉区站前路 209 号　邮政编码：050000）

开本：880 mm × 1 240 mm　1/32

印张：5.75　　字数：86 千字

2017 年 9 月第 1 版　　2019 年 3 月第 2 次印刷

定价：21.80 元

如发现印装质量问题，影响阅读，请与出版社发行部门联系调换。

前言

曾经有许多人这样设想过：假如有一天，你将独自一人驾驶着一艘小舟绕地球旅行，或者你将独自一人前往一座孤岛，在那里生活一年甚至更久的时间，而你只能（或者说只允许你）选择一样东西带在身边，供自己娱乐，那么，你将选择什么呢？

是一块大蛋糕、一盒扑克牌、一只小松鼠、一幅美丽的图画，还是一本书、一个八音盒、一把口琴，或一只装满了纸的画箱？

每个人都可以自由地做出自己的选择。然而大多数人表示，更愿意选择一本书。蛋糕一吃就没了；扑克牌和松鼠不久就会变得乏味；围绕在孤岛四周的大海上的景色，胜过你带去的最美丽的图画；八音盒和口琴只能唤起你更大的孤独感；画箱里的纸装得再多也会用完……而唯有一本书——一本你所喜爱的书，才仿佛是一位永远亲切而有趣的旅伴。

它将伴随你，给你无穷无尽的想象和欢乐，使你百读不厌、常读常新，不断地感知和发现新的真理；它将帮助你战胜寂寞和孤独，像黑夜里的明灯、星光和小小的萤火虫，为你照亮夜行的小路，指引你、帮助你去认识世上的善恶和美丑。

是的，什么也不能像书那样帮助我们，用生活、用心灵去感知和认识未知的事物。英国著名女作家尤安·艾肯在1974年为国际儿童图书节所写的献辞里讲到，如果有一天，她真的独自漂流在茫茫的大海上，身边只有一本书为伴，那么，"我愿意坐在自己的船里，一遍又一遍地读那本书"。她说："首先，我会思考，想想故事里的人为何如此作为。然后，我可能会想，作家为什么要写那个故事。接下来，我会在脑子里继续这个故事，回过头来回味我最欣赏的一些片段，并问问自己为什么喜欢它们。我还会再读另一部分，试图从中找到我以前忽视了的东西。做完这些，我还会把从书中学到的东西列个单子。最后，我会想象那个作者是什么样的，全凭他写书的方式去判断他……这真像与另一个人同船而行。"女作家相信，在这种情况下，一本书就是一位好朋友，是一处你随时乐意去就去的熟地方。而且从某种意义上说，它是只属于自己的东西，因为世上没有两个人用同一种方式去读同一本书。

另一位国际安徒生奖获得者、苏联著名儿童文学家和教育家谢尔盖·米哈尔科夫，写过一本关于儿童成长与素质教育问题的散文名著《一切从童年开始》。他在这本书的开篇就指出：书是孩子们生活中最好的伴侣。他说，无论孩子们的家庭生活和学校生活多么有趣，可是如果不去阅读一些美好、有趣和珍贵的书，也就像被夺去了童年最可贵的财富一样，其损失将是不可弥补的。很难设想一个没有阅读、没有好书的记忆的童年会是什么样子。他告诉所有的家长、老师和为孩子们工作的人："一本适时的好书能够决定一个人的命运，或者成为他的指路明星，确定他终生的理想。"这本书中还有一章《生活中的伴侣：书》，专门谈论书与阅读对一个孩子的成长的重要性和影响力。他谈到，有些书，一个人如果不在童年时读到它们，不曾在童年时代为它们动过真情、流过眼泪，那么这个人的本性和他整个的精神成长，就可能有所欠缺，甚至"将是愚昧和不文明的"。他举了自己在八岁时所记住的诗人涅克拉索夫的几行诗为例，它们出自《涅克拉索夫选集》："在我们这块低洼的沼泽地方，要不是总有人用网去捕，用绳索去套，各种野兽会比现在多五倍，兔子当然也一样，真让人心伤。"他说，过去了许多年——超过了半个世纪之后，这些诗句仍然没有失去当年迷人的魅力，它们仍然在不断地唤醒他的良知和爱心，像童年时一样。他小时候还读过一本文字优美的诗体小说《马扎依爷爷》，当他自己也成了一名作家后，他仍然要特地去看看当年马扎依爷爷搭救可怜的小兔子的地方。他举这些小例子只为了说明，一个人，只有从小热爱、珍惜和尊重自己祖国和世界最优秀的文学遗产——那些读也读不尽的好书——你的精神世界才会变得丰富、健全、美好和高尚。

本套丛书精选了适合少年儿童读者阅读和欣赏的作品。这些作品，或许可以视为一代代文学大师与幼小者们的心灵对话，是一棵棵参天大树对身边和脚下小花小草们的关注与祝福，是属于全人类的文学遗产中珍贵和美丽的一部分。从这些文学大师的形形色色的童年生活细节和独特的成长感受里，我们的小读者不仅可以获得启示，也可以得到文学的享受、美的熏陶。

自然，世界上的书是各种各样的，这是因为我们这个世界本身是丰富多彩的。欢乐的、悲哀的，真实的、魔幻的，崇高的、卑微的，美好的、丑恶的，等等，整个活生生的世界，都可能进入一本书中。也许正因为如此，我们才更加觉得书的神奇与伟大。我们从不同的书中，既可以看到我们所赖以生存的这个真实的世界，以及我们周围的真实的人、所发生的真实的事件，又可以看到那些来自于写书人头脑的虚构和幻想中的世界、人物和故事，如巨人和小矮人、恶毒的巫婆、善良的精灵、神秘的外星人、聪慧的魔法师、美丽的海妖、可怕的吸血鬼，等等。

美国女诗人艾米莉·狄金森写过这样几行诗："没有任何大船，能像书本一样，载着我们远航；没有任何骏马，能像一页页奔腾的诗行，把我们带向远方。"是的，一本书可以超越最久远的时间和最辽阔的空间，让我们在任何时候和任何地方，都能够反复看到最古老的过去或最遥远的未来。书，帮助我们每一个人成长：从懵懂的小孩长成有美好的情感、有丰富的想象力、有智慧、有思想、有发明和创造力的巨人。我们期待，你现在所阅读的，就是这样一本对你的成长有所帮助的好书。

徐鲁

目录

作者的话

亲爱的小读者：

我是个兽医，曾经在苏联红军部队里服役多年。我参加过第二次世界大战，在前线和法西斯匪徒搏斗时，见到了许许多多平凡而了不起的英雄。

由于工作的关系，我接触过军队中各种各样的动物。它们的故事感动着我，深深地留在我的记忆里。它们在战火中冲锋陷阵，默默地完成各项战斗任务，英勇非凡，直至流尽自己最后一滴血，最后牺牲在战场上；在战后的劳动中，它们同样表现得非常出色。完全可以这么说，它们也是可敬可爱的英雄。在这本书里，我讲的就是它们的英雄故事，比如深受恶狼之害的小马驹，经过训练成了勇敢的战马；为连队传送情报和信件的军犬"阿尔法"，曾救了军医和一匹军马的性命；替部队运送弹药的"黑狗"，受伤后还忠实地守卫着主人的坟墓，直至牺牲在主人墓前；还有被称为"活牵引"的两头骆驼，默默地替部队驮运军用物资；快马"拉斯托其卡"几次冒着战火救主人脱离险情；小狗"诺尔卡"战后被训练成导盲犬，为双目失明的荣誉军人引路……

作为一名军队兽医，对这些四条腿的伤病员，我接触得更多更深入，我为它们疗伤治病，和这些"无言的战友"交上了知心朋友。我关心它们、观察它们、爱护它们、研究它们，逐渐发现它们不但都有灵性，而且和人一样有着各自的习性和品格，并非像普通人所说它们是同一副"嘴脸"。我通过它们的动作、表情，来琢磨它们的内心世界，来体会它们的感情、欲望和需求。我觉得，只有了解它们，才能为它们服务，医治它们；也只有了解它们，才能在康复后驾驭它们。这是一件非常有益也非常有趣的事情。

对动物很有研究的专家曾经说过，狗和马，在与人们的交往中学习和理解人的语言，并且学会表达对人的依恋和感激之情。动物本身，像飞禽一样，在互相交往中形成了自己的信号系统，也就是自己的"语言"。几千年的驯养，使得家畜在与人的接触中变得比较聪明和很有"教养"了。它们大大超过了自己野生的祖先。这一点，在人类最忠实的朋友——狗——的身上，表现得最为突出。

　　这本书的内容是真实生活的记载，这些故事都是我或者我的战友们所亲身经历的。真实的生活，往往比人们想象得更加丰富和生动。不信，你们就自己一篇一篇地读吧！

小马驹索科尔

这天，我正在兽医所里值班，"黎明"集体农庄的老饲养员阿加波维奇，送来一个特殊的患者。揭开患者覆盖着的布单一看，吓了我一跳：大车上躺着的，竟是一匹浑身血迹斑斑的小马驹。

"瞧这模样……没有打仗，却弄得遍体鳞伤的。"老饲养员难过地说，"我的米沙太粗心了……"

有个 14 岁的小伙子垂头丧气地站在大车旁边，由于日晒雨淋，他的皮肤很粗糙，鼻子也脱皮了。

阿加波维奇看着我疑惑不解的样子，便进一步解释说："小马驹是被狼咬伤的。"

这可不能耽误！我赶忙跑去找来医生阿列克谢耶维奇，他查看一遍以后，难过地说："啊呀，被狼咬得太惨啦，伤势严重得够呛啊！"

"大夫，它可是我们农庄良种马的后代啊！嗯，它还能救得活吧？"阿加波维奇担心地问。

兽医大夫摸摸小马驹的背脊和四条腿，然后转过身来对我说："幸好，骨头和关节还没有伤着。不过，血流得太多了，伙计，咱们试着治治看吧！"

阿加波维奇和他的儿子一起小心翼翼地把小马驹抬起来，送进了兽医室。小马驹感觉到了人们要把它从妈妈身边抬走，便稍稍抬起头，四条腿抖动了一下，低声嘶叫起来。拉车的母马回应了一声，紧紧跟随在后面，差点儿把大车也拖进兽医室。

门关上了，母马发狂似的嘶叫、刨蹄子。我们只好把母马卸了套，将它带到自己孩子身边，它才平静下来。

我们将小马驹抬到手术台上，先给它输血。我们兽医所养着一匹白马，是专供输血用的。输完血动手术，这小马驹身上居然有 17 处伤，多数是被撕裂的，伤口很深，有的地方需要摘除被撕裂的皮肉，有的地方还需要缝合。尽管注射了麻药，小马驹还常疼痛得抽搐，挣扎着想要站起来。每当这时，母马就会把头伸向小马驹，烦躁不安地嘶叫几声。

老饲养员阿加波维奇安抚它说："呶——呶，别犯傻。你的小家伙会有救的，能治得好的！"

所有的饲养员都有这个习惯，他们喜欢和马交谈，觉得它们是懂人话、通人性的。手术过程中，米沙一边按住小马驹的头，一边细细观察我的双手，对我们的工作表现出了极大的兴趣。

手术进行了两个小时，我累得满头大汗。我是第一次做这么复杂的手术，内心很激动。阿列克谢耶维奇给了我很大帮助，手术的全过程都是在他的指导下进行的。

手术完毕，我们给伤口裹上一道道绷带，猛一看，深灰色的马居然变成杂色马了。老饲养员满意地笑了。

"瞧，成了一匹花马，都认不出来了。这小命算是保住了吧？"他问医生。

"还难说，"阿列克谢耶维奇含含糊糊地回答说，"但愿咬它的不是一头疯狼，也许还能有救。马驹必须住院治疗。"

"啊呀，眼下正是农忙，"老饲养员不无忧虑地说，"它一住院，母马也得留下，这有什么办法……哎呀，那米沙你也在这儿陪着吧，我回去准备好饲料再送来。"

"你给小马驹注射点儿破伤风血清！"阿列克谢耶维

奇对我说。

医生就怕破伤风,因为小马驹的伤口里渗进了泥沙。

小马驹和它的妈妈住进了一个宽敞的单畜栏里,这很像是一间带栅栏的房间。

米沙照料这母子俩,喂饲料、提供饮水、清洗,还帮助我给马驹处理伤口、换上绷带。米沙的个头不高,但体格健壮,干起活儿来动作麻利,还很爱学习。我就给他讲一些马的各种疾病的症状,让他从显微镜里辨别微生物,还借些书给他读。

小马驹的伤口愈合得很好,没有出现并发症。有一天,阿加波维奇来兽医所看望自己的牲畜。他说:"米沙,你瞧瞧,科学有多了不起。你要学习!说不定将来也能当一名兽医哩!"

从此,我和米沙就交上了朋友。不知为什么,他有点儿怕主治医师,却信任我这个年轻的实习生。我们彼此都不感到拘束,或许因为我们是同乡,我的年龄也比他大不了多少。

有一天傍晚,米沙在闲聊中详细地给我讲述了小马驹受伤的经过。

"这天傍晚，我和伙伴们去佩斯查卡放牧，那儿有好多好多的草！这你是知道的。草长得跟膝盖一般高，马群一到那里，就再也舍不得离开。那天晚上，我们到了目的地，点燃篝火，烤土豆，讲故事。桑卡和季姆卡两个人留下来看守马群。桑卡手里拿着一支猎枪。谁也不能睡觉，因为夜里狼要出来寻找食物。灾祸就这样发生了。白天我干活儿，累得疲惫不堪。大伙儿开始讲故事的时候，我躺在地上，仰望星空，简直舒服极了！我一边看一边想，星星、月亮、大地、人们……所有这一切是怎么来的啊？想呀想呀，便似睡非睡地打起盹来了，只觉得迷迷糊糊听见伙伴们的说话声。突然传来一声叫喊：'狼！狼来了！'大伙儿应声跑去，我稀里糊涂跳起来也跟在他们后头跑。一阵马蹄声，大地响起一片轰鸣。大家朝一个方向奔跑。我看见我们的那匹母马正在和一头狼搏斗。狼撕咬着小马驹想把它拖走，母马朝狼猛扑过去，要把它撞倒，似乎又怕伤着自己的小马驹。我们有的拿着鞭子，有的拿着绳子、提着棍子，也有空着手的，一齐喊叫着冲上前去。那头狼吓得蹿到一边逃走了。我们跑到小马驹跟前，它的伤口还在滴血……"

讲到这里，米沙深深地叹了口气，不作声了。

"事情就是这样，"他接着又说，"老爹责怪我，可是我怎么错啦？这是桑卡的错，他拿着枪却不敢放，说是怕打伤小马驹。他的胆子也太小了，只会说大话。叔叔说，我这个老饲养员的儿子却没有保护好马，给我们家抹了黑，败坏了我们家的名声……"

米沙沉思地皱起了眉头，垂下了眼睛。

有一次，阿列克谢耶维奇来看望小马驹，他对我说："好，很好。尼古拉维奇，你的手真巧，将来准能成为一个很好的外科医生。"

小马驹的伤口顺利愈合，我和米沙都很高兴。一个月后，小马驹出院了，是阿加波维奇来接的。他感激地说："谢谢，阿列克谢耶维奇。我简直没有想到，你们能使这匹马驹重新站立起来。"

小马驹身上的伤口留下了发白的疤痕，行走时后面那条右腿还有点儿瘸。

"这不要紧，走一会儿就会好的，再做做按摩。"临别时，主治医生叮嘱了几句。

我把他们送出院子。阿加波维奇握住我的手告别：

"谢谢你，同志！等你念完了大学，来我们这儿工作吧。"

小马驹跟在大车后面跑，时不时地蹦跳几下，又显出往日的那副顽皮劲。

几年过去了。我大学毕业后起初在塔吉克斯坦和里海工作，后来就回到了家乡。

我们的村庄很大，在萨拉托夫伏尔加河中下游的东岸，那儿土地肥沃，牲畜成群。

我是1940年秋天回到家乡的。那是丰收的一年，家乡开办了秋季集市。这不是一般的农贸集市，而是正规的农产品交易会。这里的物资应有尽有：粮食、肉类、雪橇、马车上使用的轭、衣服、鞋子、苹果、西瓜子等，还有大小牲畜。旋转木马装扮得鲜艳夺目，小伙子和姑娘们叫叫嚷嚷地荡着秋千，人们唱着歌，用萨拉托夫的手风琴和打击乐器大声伴奏。

在密集的人群上空，飘浮着一串串五彩缤纷的大气球。热炉灶上的大锅里，葵花籽油滚开着，一团团白面在油锅里炸得泡酥泡酥的，人们吃着香喷喷的油炸饼，一个个赞不绝口。

兽医检查站设在离集市不远的一个早已关闭了的旧教堂附近。凡是在集市上出售的牲畜，都必须经过检查。非常凑巧，当年那个"没管好"小马驹的米沙，在兽医所里担任医士，成了我的助手。

原来，自从那次不幸的事件以后，他对兽医事业产生了浓厚兴趣，进初级兽医训练班学习了一年，便来到兽医所工作。他长高了，也更加结实了，举止稳健，动作从容。米沙热爱自己的工作，态度认真细致。

这天正是金色的初秋，阳光普照，天空晴朗，微风拂面，气候宜人，空气中飘浮着一串串银白色的花絮。

我看看表对米沙说："该吃午饭了！"

这时，一个留着小白胡子的中年男子赶着四轮马车来到兽医检查站。拉车的是一匹带深灰色圆斑点的高头大马。这中年人跳下车，摘下黑色大檐帽，愉快而又高声地向我们打招呼。

"你好，尼古拉耶维奇！"他随即伸出一只手来，"怎么，你不认识我这个老乡啦？"

"怎么会不认识呢！"我回答说，"你脸上的大胡子怎么没有了？"

"我给剃了！留了这么个小胡子，尼古拉耶维奇，如今留大胡子不时兴了，再说，我也想变得年轻一点儿。"他把手一挥指指马说，"看见了吗？我们的索科尔变成了多么漂亮的一匹马！它很聪明，不论我把它放在哪儿，它都能像扎下根似的一动不动地站着。一让它上路，它立即就像一阵旋风似的飞跑起来。"

阿加波维奇谈笑风生。我目不转睛地盯住索科尔，这匹高头大马的灰色毛发在阳光下闪闪发光，漂亮极了。

"我们集体农庄现在有养马场了，可好啦！"阿加波维奇夸耀说，"全区还没有像这样好的养马场哩。我在那里算是元老了，尼古拉耶维奇，你来吧，我会领你去参观参观。"

我们走近马车，身后立即聚集起一大堆好奇的人们。节日里，集市上这种爱瞧热闹的人总是很多。

"同志们，瞧瞧，这匹马多好！它小时候曾被狼咬得遍体鳞伤，是尼古拉耶维奇给治好的，真的。"他用一只手搂住我的肩，接着对大伙儿说，"他为什么能治好这匹马呢？因为他学问大，是兽医，本地人。他父亲是干木工活儿的，这些你们都知道吗？尼古拉耶维奇，你上车！

让我这个老头子高兴高兴，我和你一起去兜兜风。"

阿加波维奇的夸奖弄得我怪难为情的，为了不让他扫兴，我同意骑上马去走一圈。我发现，马的身躯和腿上有凹凸不平的白色斑块，这是在疤痕上长出来的白毛。

阿加波维奇和我并排坐在马车上，他拿起用条带制作的软绵绵的缰绳，轻轻一甩动，马立即迈开步子朝前走了。

"它的腿不瘸了？"我问道。

"不，慢点儿走不显眼，要是跑快了，它的后右腿还是稍稍有点儿瘸。"

我们跑上了通向村外池塘边的平坦大道。到池塘约有一公里的路程。当年，我和同伴们就是从这条大道去

池塘洗澡的。从远处看见了堤坝，上边长着枝繁叶茂的白柳，不过，树冠已经开始有点儿发黄了。

阿加波维奇轻轻拉紧了缰绳，亲昵地对马说："嘿，小伙计，咱们活动活动吧！"马听了立刻加快步伐，小跑了起来。阿加波维奇把缰绳拉得越紧，索科尔就跑得越快。后来阿加波维奇像年轻人那样用豪放的声音大叫："嘿——嘿！亲爱的，加把劲啊，小宝贝儿！"

大车后面尘土飞扬，像是升起了一道雾帘。索科尔以异乎寻常的速度奔驰，好像它身上长着一对看不见的翅膀，让它腾空而起勇往直前。它浓密的鬃毛散了开来，像一道帷幕在风里飘动；它带闪光点的黑尾巴翘起来，都够到了马车上，晃动着，犹如卷起一股细碎的浪花。劲风扑打着我们的脸面，大地在车轮下迅疾后退，望一眼都让人头晕。现在我才尝到了全速奔驰的滋味。再这样跑下去，说不定什么时候会摔下来。我慌忙抓住马车嚷道："别，别这么使劲，阿加波维奇！放松一点儿，要不然马车会散架的！"

"散不了架！"正在兴头上的阿加波维奇高声回答，"也好，亲爱的，你要稳住。"

马车终于慢了下来，一步一步地朝前走着。索科尔似乎还想小跑，阿加波维奇轻轻勒住了它："喂，亲爱的，你也来劲啦，还想跑？安稳点儿，适可而止吧！"

阿加波维奇把我送到家，临别时对我说："我要把我的米沙送到兽医专科学校去，让他再学习学习。你要帮助他准备功课啊，尼古拉耶维奇！"

我答应帮助米沙，整个冬天的每个夜晚，我都和他在一起学习。米沙很用功，我相信他一定能考上专科学校。

但是，第二年，1941年的夏天，我们原先的美好打算全部落空了。就在那炎热的夏日里，当我们割完青草开始收割大麦的时候，战争在我们身边爆发了！

星期日，战争爆发的头一天，我和米沙就被召集到区兵役局，接受了新的任务。第二天黎明，几百匹马从各个集体农庄带到集市大广场上，接受检查，然后再送往部队。验收委员会的主席谢弗留科夫少校身材瘦小，是个神态端庄、动作麻利的骑兵。

我们在集市拴马场旁边的一片空旷地工作，需要挑选各色各样的马匹，重役马送炮兵部队，细腿跑马送骑兵部队，身躯矮小而长得结实的马匹，则配备给一般的车队。各农庄送来的马匹陆续牵来，先后有序，不忙乱，也不嘈杂，任由骑兵们挑选。上前线的马匹必须"穿鞋"，所以检查合格的马匹，还得带到铁匠铺去钉上铁掌。

"黎明"集体农庄养马场场长阿加波维奇挨着自己的马群，站在离我们不远的地方。场长愁眉不展，小白胡子下垂着，轮到他的时候，他先把索科尔牵出来，尽管这场景跟往常有些异样，我们的索科尔仍然很镇静。我刚用手碰到它的一条腿要检查它的蹄子，它就自动乖乖地把腿举了起来，半弯着，一直到我检查它的另一条腿为止。

"啊呀，多好的马！"谢弗留科夫少校赞叹着，"喂，你让它走几步，然后再小跑看看。"

索科尔被赶着慢走了几步，又小跑了一阵。它的缺陷瞒不过这位老练骑兵的眼睛。

"是一匹出色的走马，但它的右后腿好像有点儿不对劲。为什么身上会有白色斑点？"少校用手指摸摸旧疤痕，"嗯，它是不是受过伤？"

我简略地向少校解释了这匹马受伤的经过，少校听完，毫不犹豫地说："不合格，只好留下，有点儿可惜。"

"你说什么，少校同志？"阿加波维奇十分激动又很焦急地说，"它，它站着刚开步走时会有点儿瘸，一旦跑开了，几乎就一点儿也察觉不出来了。再说，它力气大得很，又听从使唤。"

少校朝我转过身来："你的意见呢，医生同志？"

"也好，那就留下来吧！"我说。

阿加波维奇这下急了："你说什么……这可是你花了心血亲手把它医治好的啊。它像雄鹰一样矫健，让它去前线吧！这种马在任何场合都不会出问题的，它既不怕火，也不怕水。"

最后，我们决定收下索科尔。我们兽医所用作输血的"黑马"也被选中了。我想，前线比这里更需要它。它是长着一身的白毛，为什么偏叫它"黑马"呢，或许是有人故意闹着玩儿才给它取了这么一个怪名字。

动员后第三天，我们带着行李上了火车。米沙和我在一起，他正好编进我任主治兽医的那个连队。我们都很满意。和朋友在一起总是件好事，更何况是到前线去。

告别的时候，阿加波维奇拥抱了儿子，他的眼睛像是进了沙子突然眨巴起来，泪珠在眼眶里滚动。他嘱咐儿子说："呶，行啦……你，你要上前线，现在长大成人了！儿子，你得好好干，不要任性，别胆怯。"

我和阿加波维奇也拥抱告别，他对我说："你要多关照一下我的米沙，我只有这么一根独苗，但也别惯着他。"

军用列车启动了。阿加波维奇一边跟着向前跑着，一边向我们嚷道："你们要爱护我的索科尔！它会是好样的！"

火车很快加快了速度，向西疾驰，把我们运往正在激战的前线。

"黑马"初上战场

我们的部队到达科罗别兹铁路会让站之后，守卫在斯摩林斯克以东的叶尔尼亚城下。敌人企图攻克我们的首都，但炮兵的火力把他们打得连头也不敢从工事里伸出来。敌人的空军却不让我们安宁，他们连我们分散的骑兵和步兵也不放过。

我让兽医士米沙去工兵营疏散受伤的马匹。清早，他骑着"黑马"出发，预计在傍晚可以返回。

快到他该回来的时候了，我走出土窑仰望天空，又红又大的夕阳挂在西边的天空，从云端传来飞机的轰鸣声，我们的大炮响起来了。我手搭凉棚抬眼向西边望去，发现路上有匹马在奔跑，身后掀起一团团尘土。马越来越近了，缰绳不断地晃动着，啊，原来是"黑马"！它汗流浃背，浑身是土，白毛变成了灰毛，胸部还在流血。它不停地打响鼻，眼神惊慌。马回来了，怎么不见了米沙？他在哪里呢？我朝卫生员喊道："克维特科，你快给'黑马'包扎伤口！"说完，我赶忙给索科尔备上鞍，上马就奔往前沿阵地，边跑边张望四周，搜寻米沙会不会躺在什么地方。

小树林中的火力阵地上，有我们的炮兵连，我疾驰到那里，询问他们是否看见了一个骑白马的战士。

"怎么没有看见呢！"连长杜瓦诺夫回答说，同时用手指指一块土豆地，"你看，那里不是还有两架飞机在燃烧吗？那是一架敌机和我们的一架歼击机。我们已经把你的助手和飞行员送到营医务所去了。"

"他们怎么样？"

"不要紧，反正那里有医生。"

"刚才这里发生了什么事？"

杜瓦诺夫不做正面回答，而是赞叹地说："你们的米沙真是好样的！他救了飞行员，而自己，却差一点儿牺牲掉！"

然后，杜瓦诺夫给我讲了刚刚发生在炮兵连眼前的事情：

我们发现远处有个战士，骑着一匹白马小跑，像我们一样，不时地抬头仰望天空，那里正在进行一场空战。两架敌机进攻我们的一架歼击机。我们的战机绕开它们，不断向上空盘旋、兜圈子，想要钻到敌机尾巴后面去。一架敌机冒烟了，像打螺旋似的向下坠落，尾巴上甩出一条长长的烟雾。同志们大声叫嚷起来："就这样揍它，坏蛋！"大家一齐拍手称快。

歼击机向另一架敌机面对面地直冲过去。敌机向下低飞，溜到了一边。这时，从云雾中又冲出第三架敌机，朝我们那架飞机的尾巴扫射。我们的飞机中弹冒烟，开始下降，速度极快，像是要跌落下来了。飞行员为什么不跳降落伞呢？我们真为他担心，难道是牺牲了……没有，瞧，飞机又平平稳稳地朝下滑翔……我们以为会降在麦田里。黑麦已经熟透了，很干燥。飞机一直在燃烧。眼看飞机的起落架快要碰到麦穗了，它却一跃而起又降落在一片土豆地里。飞机颠簸得很厉害，左右摇晃着在地上折腾。真悬！差点儿没来个底朝天！我随即命令两个机枪手："快跑到飞机那儿去！"

　　这时，那个骑白马的战士已跑在我们前面。我从望远镜里看见，他跑到离飞机不远的地方，跳下马，直奔冒黑烟的飞机而去。机身上蹿起一股火舌，米沙钻了进去，把飞行员抱在腋下拖了出来。这时，另一架敌机俯冲下来，在我们的飞机上空盘旋一周，射出一梭子弹，在土豆地里掀起阵阵尘土。敌人用的是大口径机枪。米沙仍抱着飞行员，要把他拖到旁边的深坑里去。这是当地居民淘沙时挖出来的。机身在燃烧，里面的弹药开始爆炸。我当时想，弹片可别伤着他们。我在望远镜里还没有找到刚才派去援救的战士，他们上哪儿去了？我万分着急。米沙冒着敌人的扫射，硬是一步一步地把飞行员背到了深坑边上，赶忙栽了下去。

　　"哎呀，怎么搞的，我派去的战士没有赶上趟！"我心中暗暗思量。

　　后来，我们看到敌机决定袭击在树林边等候主人的那匹白马，隐藏在树林中的两名机枪手立即用穿甲燃烧弹回击敌人。敌机栽下来爆炸了，你们的白马飞奔而去……

杜瓦诺夫沉默片刻，又补充了一句："这就是事情的全部经过。"

我赶到了营医务所。院子里的苹果树下，搭起了许多带赛璐珞[1]窗口的长形帐篷。在一顶帐篷旁边，我遇见了营医务所的所长亚历山德罗夫医生。他问道："你大概是来接你的助手的吧？"

"是的，他怎么样？"

"英雄！他救了飞行员。为救别人，他自己却受了伤。"

我们走进帐篷，里面是一排排的担架，上边躺着刚刚动过手术的伤员。在左边的一个角落里，我看见了那个年轻的飞行员。他面孔黝黑，头上裹着绷带。他身边坐着脖子上缠着绷带的米沙。我们刚走过去，米沙就站了起来，好像有些歉意似的向我报告：

"首长同志，我完成了你交给我的任务。不过发生了这

---

[1] 赛璐珞，一种透明的塑料。——编者注

件事……我误了时间……'黑马'也不知道跑到哪里去了。"

"不要紧，米沙，一切都好，'黑马'已经回到连队。喂，你怎么样？"

"谢谢，请别担心，我很快就能出院。"

飞行员已经入睡了，他脸色苍白，喘着粗气，但呼吸平稳。

"让他睡吧，安心休息。"亚历山德罗夫医生轻轻地说，"他头部受伤，幸好还没有伤到骨头，没有生命危险，还能重新上天……"

当天夜里，受伤的飞行员遭返野战医院，米沙为他送行。他握住米沙的手轻声说："谢谢你，好兄弟。你记住，我叫萨弗诺夫。战争结束后，我一定去你的家乡看望你。"

米沙没有作声。共同遭遇的灾难使人们互相之间变得亲近起来。

"再见！"他低声说。

两个星期之后，米沙痊愈回到了我的身边。我们把受伤的"黑马"医治好，交给了师兽医院。我对院长马霍夫医生说："'黑马'是一匹珍贵的马，还可以供输血用。请你们要爱护它，用它宝贵的血能救活许多受重伤的马匹。"

怕水不怕火的战马

我常常感谢集体农庄的饲养员阿加波维奇为我们养了索科尔这么一匹强壮、灵敏的好马。有时，让索科尔跟着汽车跑，它居然一步也不落后。司机从驾驶室里探出头来发出赞叹："嗬，真有你的！"

索科尔既听话又勇敢。有一天，却发生了这么一件事：

兽医士米沙没有用马鞍，便骑着它去饮水。在铁路线那边离我们不远的地方，有一条小溪。几分钟后，我坐在掩蔽部里听见飞机俯冲时发出的刺耳吼叫，接着就是机枪向下扫射的声音。

米沙跑进掩蔽部，指着门外大声嚷道："快！快！索科尔……"

"出了什么事？"

"索科尔完啦！"

"怎么啦？被打死了？"

"不是！它被淹了……"

我一头雾水，那条平时用来饮马的小溪，连麻雀也淹不死的，怎么竟会淹了我们的索科尔？米沙大声对我说："它陷在泥坑里了！"

我抓起一捆做手术时用来绑马的皮条，跑出掩蔽部，边跑边喊后勤战士："跟我来，同志们！带上铁锹！马掉进泥坑里了。"

我们飞快地跑到了出事地点。

原来，米沙骑马去小河边时，一架敌机突然俯冲下来朝它扫射。索科尔吓得往一边蹿，米沙被摔下了马，索科尔自己在地里乱跑了一阵，最后掉进了泥坑。泥水没到了它的肚子。它将头昂得高高的，瞪大双眼，低沉地呻吟着。它的四条腿已经深深地陷在泥潭里，不管我们怎么使劲，它依然站着不动。

该怎么办呢？米沙突然指指铁路那边，喊叫起来："挡板！挡板！"

铁路路基旁边竖着几块木板，战士们迅速跑过去，把木板扛过来，铺在泥潭的边沿。

我们踩在木板上走到索科尔身边，又在它周围铺上一层木板。木板有点儿浸水，我们站在上边却很稳当。我们开始用铁锹刨泥，马却继续往下陷。

"停下！"我命令道，"拿一根皮条来！"

我们把皮条一端塞到马肚子下边，套上扣，然后抓住另一端，有的战士抓住马的鬃毛和尾巴，跟着口令一齐拽："嗨哟哟，用力拉呀！嗨哟哟，用力拽！"这样，也太费劲了。马的身躯高大又死沉死沉的，四条腿还是深陷在泥潭里。我们拽呀拽呀，哨兵突然喊起来："空袭警报！"

我们立即趴在铺板上安静下来。飞机在不远处呼啸而过，它大概并没有发现我们，过了不一会儿，哨兵又喊道："警报解除！警报解除！"

我们爬起来继续拽，下决心要把马拉出来。我们在马的身边垫了两层木板，放稳当之后，作为我们站立的地方。然后，我们硬是把索科尔给拽了起来，再捆绑好它的腿，让它躺在铺板上。大家齐心合力，连木板和马一起拖拽，好不容易才把它弄到一片干地上，给它松了绑。索科尔站起来时，浑身泥污，腿还在发抖，有条后腿还流着血。我们一个个也都变成了泥人。

大家在小河里洗了个澡，把索科尔也冲洗干净了，它的后腿果然有个不深的伤口。

"米沙，"我说，"你和索科尔这次还算幸运，没出大事儿……"

给索科尔缝好伤口，包扎好，我们就把它留在掩蔽部。

"让它在这里待一个星期，"我说，"等伤口慢慢愈合

了，它就会安静的。看得出来，它被吓得够呛。"

大约十天之后，我给索科尔备了鞍，骑着它去团里的一个连队。经过索科尔饮过水的那条小溪时，它突然在溪边停住了脚步，低下头，惊恐地看着流水，发出像熊似的嚎叫声，马有这种叫声，我还是头一次听到。

我用腿催马前进，它却站在原地一动不动。我生气了，用缰绳的一端鞭打它，它才迈开步子，但不是朝前走，而是往后退缩，眼睛依然盯着流水，嘴里继续号叫着。

我只得下马，牵着它朝前走。我先过小溪，然后拉紧缰绳："喂，向前走，索科尔！"

它在原地站了一会儿，才跃跃欲试地摆个姿势，终于跳过了小溪。它的蹄子没有沾上一点儿水，却浑身战栗着，走过几步还回头望望流水。

我骑上马继续朝前走，边走边想："真是活见鬼！它从来也没有怕过水，现在见了水却吓成这个样子，要是在前线，可就糟了！"

奇怪的是，后来不管我把索科尔留在哪里，甚至不拴缰绳，它都是站在原地一步也不挪窝。尽管附近有炮弹爆炸，它也像扎了根似的在那儿一动不动，只是身子微微发抖，竖起来的耳朵时不时扇动几下。为了防备弹片伤着它，我教会了它侧身卧倒。它躺下后，有时呻吟，但就是不站起来。大概它觉得反正无处可跑，跑了说不定还会陷入泥潭？索科尔这匹马对战火毫不畏惧，却害怕小溪的水，这真是发生在战时的一件怪事！

军犬 "邮递员"

送信太困难了，先锋连的战士们接连好几天都没有收到信件。在前线，得不到后方亲人的一点儿消息，是最让人难受的事。

营长特列霍夫少校把通讯班长叫到掩蔽部，对他说："彼尔伍什金同志，已经牺牲了两位邮递员了。你的军犬阿尔法，能不能给连队送送报纸和信件？"

"这个，我可说不准。"通信兵为难地说，"要不试试看吧，它驮着东西过河比较吃力。"

这时正是多雨的秋天，人们外出时常被淋得透湿。夜晚一天天长起来，四周漆黑一团。道路泥泞，打仗行军非常困难。

先锋连强行抢渡过河，在对岸的阵地上挖掘壕沟隐蔽自己，设防固守。敌人把先锋连逼近紧靠河边的阵地上，企图把他们置于死地。但是，敌人的企图未能得逞。

电话线常被敌人炸断，先锋连和指挥所之间，只能靠无线电和军犬联络。

阿尔法长得像一头狼：身躯粗壮，毛是灰黑色的。战斗中，它肩负着传递信息的任务，在两个主人之间奔跑，一个是科罗布可夫，在河对岸的战壕里，另一个是河这边指挥所里的彼尔伍什金。彼尔伍什金对阿尔法十分严厉，对它很少做爱抚的表示，阿尔法有点儿害怕他。而科罗布可夫的性格温和，说起话来非常亲切，每当阿尔法完成了任务，就能得到他的赞扬和鼓励。阿尔法更喜欢科罗布可夫。但对两个主人，它同样都很熟悉，也都同样听从指挥。

彼尔伍什金把书面命令装进小公文袋子，再系在狗的颈圈上，厉声说："阿尔法，送信！"

阿尔法扭头就走，钻进丛林来到河边，顺水流斜着泅水渡河，上岸就跑进战壕找主人科罗布可夫。只有科罗布可夫这个第二主人才能从它身上取下公文袋，别的人连碰一碰它都不让。阿尔法在战壕里歇着，科罗布可夫给它一点儿吃的，再让它带上连长的报告，按原来的路线渡河返回营部。

现在，营长下达了新的任务，河水流得那么急，阿尔法驮着包袱，还能照样渡河吗？

试试看吧，彼尔伍什金把几张报纸放进防水专用包，再将它固定在狗的背脊上，阿尔法果真将报纸送到了河对岸的先锋连。它回来后，彼尔伍什金向营长报告说："少校同志，试验成功了。可以让阿尔法当邮递员了，我看它能胜任！"

营长微微一笑："好，就这么办。只是不要让它驮得太重，小心别沉到河里。"

"少校同志，请放心。我定个时间表，让它一天跑两个来回，它一定能准时送到。"

第二天大清早，彼尔伍什金让阿尔法去送一趟报纸，它渡过了河，跳进战壕，沿着弯弯曲曲的坑道寻找主人。可是，科罗布可夫这天却不在原地，阿尔法闻闻泥土，顺着交通沟继续朝前跑。战士们企图拦住它，它却绕开一个个战士，甚至龇牙咧嘴地威胁拦截它的人。战士们只得放开它，但都一齐指责它："这家伙还真有本事，就是那副凶相，太不文明了。"

阿尔法不理睬他们。它嗅着泥土沿着坑道继续寻找主人。战士们每天夜里都在朝敌军方向挖掘坑道，科罗布可夫这天正挖到最远的一条分道里。

阿尔法终于找到了主人，科罗布可夫很高兴地抚摸着阿尔法说："好，阿尔法，真是个好交通员！"随手给它嘴里塞了块糖，然后从它背的包里取出报纸分发给战士们阅读。

"它什么时候才能给咱们带信件来呢？"大家异口同声地问，又好奇地打听，"这儿人多脚印很杂，阿尔法怎么能寻踪追迹地找到你呢？"

科罗布可夫笑笑说："今天晚上就送。要说阿尔法怎么能找到我，这里有个秘诀：我的鞋底抹上了鱼肝油，它就是闻着这个气味寻来的。"

这天傍晚，彼尔伍什金用防水帆布将灰色、蓝色、黄色等各种颜色的信件，都折叠成三角形状，包得严严实实，再装进让阿尔法驮的袋子里。每封信里都书写着写信人各自的生活、思念和期待。

"送报！送信！"阿尔法按照同样的命令一次次走着这条熟悉的路线。起初，它穿过丛林然后渡河，敌人的炮火在驻有我军的两岸爆炸，有时炸弹打到河里，掀起浑浊的水柱，犹如突然出现一座高高的喷泉。阿尔法对这些已经习以为常，不管炮弹离它多近，也决不随意改变既定的行进路线。它会从水里爬出来，抖掉身上的水珠，立刻沿着河岸向战壕跑去。忽然，离它不远的地方响起地雷爆炸声，无数弹片刹那间降落在地面上。阿尔法尖叫一声趴下了，落在它身上的沙土染上了血渍。可能是它的腿受伤了。

科罗布可夫在等待着自己的邮递员，他从战壕里不时地朝河流方向张望。顺着那条邮政线，在一个沙丘旁，他发现了阿尔法。它摇摇晃晃地走得极慢，有时膝部稍稍弯曲，躺下来艰难地爬行。科罗布可夫跳出战壕，迎着阿尔法爬过去："阿尔法！来，到我这儿来，快爬！"

狗听见了主人的呼唤，伤心地哀号起来，用爪子直刨沙土，身子显然已经难以移动了。科罗布可夫爬到它身边，抓住它身上的背包，拽着它爬回战壕。狗的身后，留下了点点滴滴的血迹。

"阿尔法，好样的！"科罗布可夫赞扬它，安抚它，将它拖入了战壕。

原来，阿尔法的四条腿都受了伤，右后腿骨折。科罗布可夫和他的战友们找来绷带，替它包扎伤口。

安顿好这个光荣的伤员，科罗布可夫又把阿尔法冒着炮火送来的信件分发给大家。战士们含着眼泪一个劲地感激科罗布可夫，还争着把饼干、脂油、白糖等递给阿尔法。但这个忠实的"邮递员"却不受这些美味食品的引诱，一个劲地抬头看科罗布可夫，像是在询问主人："这些东西可以吃吗？"

"瞧，你的邮递员真难伺候，"有个战士说，"这么好的东西它都不吃！"

"不是难伺候，而是它有纪律。"科罗布可夫说，"我规定它不能吃别人给的东西。"

夜里，他们用皮筏艇送阿尔法回去之后，又把它抬到我们的医务所。我们从它身上取出了弹片，还给骨折的那条腿打上石膏。

一个月后，阿尔法被送回部队。它的一条后腿上留下了骨痂，但是走起路来不瘸，照样跑得很快，继续为连队送报送信。战士们都亲昵地称它为"准时的邮递员"。

军犬牺牲在雷场

　　有一次，我和医士米沙从前沿部队返回自己师的第二梯队。一路上，我骑的是自己的马——索科尔，米沙骑的是枣红色马，一匹跑得飞快的溜蹄马。

　　我们俩骑着马一路小跑，突然发现，半公里外的高地斜坡上有一头狼。我想，大概是炮弹把它从狼窝里吓出来了，瞧它急匆匆地向后方逃跑，想必是要躲避战火，离战火远一些。不过，它也有些怪，步子迈得不算太快，身子摇摇晃晃地一蹲一蹲的，尾巴圈成圆圈拖着，低头迂回前行着。这是怎么一回事呢？

　　"米沙，跟我来！"我喊了一声，然后我们俩就全速前进去拦截那头狼。我边跑边掏出手枪，到了跟前猛然将马勒住，哦，原来条军犬！

　　我把手枪塞进皮套，威严地大喝一声："站住！"

　　军犬战栗一下停住了脚步。它掉过头来用右眼斜视我们，它脸上血渍斑斑，左眼红肿，左耳被扯掉一半向下耷拉着，脖子上戴着一个皮颈圈。

我跳下马，来到这条受伤的军犬面前。它全身都在发抖。我说："米沙，这像是阿尔法……"

我抚摸着它的背脊，轻声柔和地说："阿尔法，安静……你躺下。"

军犬躺下来，战栗得轻微一些了。我们的马睁大眼睛看着军犬，忐忑不安地打着响鼻。所有的动物闻到了血腥味都会感到惊慌和恐惧。我安抚了一阵阿尔法之后说："米沙，把药箱拿来！"

医士肩上背着一个皮制的大药箱，里边装着抢救受伤动物的急需物品：绷带、药棉、手术器械和其他药品。

对，它就是阿尔法——"准时的邮递员"。我们从它后右腿上的骨痂上得到了证实。

我们在地上铺开一条马用的被单，让"伤员"躺在上面，把它的腿脚捆住，用绳子绑住它的上下颌。这是保护措施，防备它在手术过程中咬人。米沙按住阿尔法，我用纱布小心翼翼地擦拭它脸上的血渍。我们担心它的头骨和左眼的伤势过重。经过检查，估计是像刮脸刀片一般大小的尖弹片从它头上飞过，划破了左耳旁边的表皮，犹如在两只耳朵之间划出了一道眉弓，幸好没伤着眼睛。但另一块弹片把它的左耳削掉了一半。

我们缝好伤口，连接上左耳，用绷带把它的头部包扎得严严实实，只留它的眼睛露在外边，活像两扇小窗口。

手术过程中，阿尔法不时地颤抖和发出尖叫声。松绑之后，它站了起来，伸伸懒腰，像是要让疲累的身躯舒展一番，然后又摇摇头。

它低下头，试图用爪子扒掉绷带。

"阿尔法，不，不行！"我和米沙不约而同地大声喝道，它也乖乖地听从了。

"现在必须看住它！"我对米沙说，"要不然手术后的全部治疗就会被它破坏。"

米沙先上马，我抱起阿尔法递给他，枣红马斜视阿尔法打了个响鼻。米沙把狗横在自己身前的马鞍上，用两只手抱着它。狗依偎着他悄悄入睡了。

为了不惊动"伤员"，我们让马慢步行进。一个小时后，我们回到了营地。迎接我们的是兽医卫生员克维特科。

"啊呀呀，怎么回来多了一口子……"他一边说一边从米沙手中接过受伤的阿尔法。

克维特科让我们吃午饭，他为我们每人准备了一盒肉粥，还给我们开了一个罐头。我们把这份肉食喂给阿尔法吃了，它吃得很香。我们还给它斟满了一罐头盒的汤，又把面包弄碎放进汤里，它同样很爱吃，把罐头舔得干干净净。那天，我和米沙的午饭就没有吃多少，但我们都很开心。

阿尔法喝完汤，我们又给它吃糖，它把糖嚼得吱咯吱咯响，望着我们直摇尾巴，目光里流露出感激的神情，两个纱布小窗口露出来的褐色眼睛闪动着晶莹的泪珠。

"瞧你这个爱吃甜食的家伙！"我笑笑说。

狗舔舔我的手，我们明白，这是它还想吃糖。

"够啦，适可而止吧！"米沙说完就把它带进了战壕。

我吃过午饭，躺在战壕里休息。阿尔法靠在我脚边打盹。它在梦中还不时地战栗和低声哀号。

一个星期以后，我们给阿尔法拆了线。它的伤口愈合得很好，耳朵也长好了，只是伤疤使得皮肤发紧，以致耳朵变短，不能竖得像以前那样高了。

为了恢复狗的体力，我们给它吃了好多马肉。克维特科给的马肉总是一大块一大块的，阿尔法有时就把马肉撕咬成三四片，分别藏起来慢慢吃。

彼尔伍什金得知他的狗还活着，而且被我们收留了，非常高兴。

他说："我们的阿尔法从来就没有迷过路。后来不知怎么啦，突然失踪了，我以为它是中弹牺牲了，要不就是踩上了地雷。"

据我们分析，阿尔法在从前线返回指挥所找自己主人的途中，可能遇到了炮火的袭击，受伤以后，总想离火力点远一些，只得无目的地乱跑了。所以我们才在战地上遇见了它。

彼尔伍什金把阿尔法带回了连队。可是，三天以后，又把它送回来了。

"兽医同志，这条狗完了！它不能执行军事任务了！"

"为什么？发生什么事情啦？"

"它怕战火，不愿意再去前沿阵地。我想尽了办法：用鞭子打，用甜食引诱——都无济于事。我打它吧，它就逃开；我喂它甜食，它就又跑回来了。"

"现在我们该怎么管它呢？"

"这是我们连长让送回来的。请你们好好观察一下，也许它的大脑受了损伤……它完全变了，只要炮弹一炸响，它就发抖，紧靠着我哀号，真像是在哭泣。"

"怎么办呢，那只好留下来进一步观察吧。"

"但是，希望你们不要把它送到后方去，这是一条十分能干的军犬啊！再过些日子，或许它会慢慢变好的。"

我保证不把阿尔法送到后方去。这样，它就留在了我们的连队里。

通讯班长走了，米沙脸上露出了得意的微笑。

"你高兴什么？"我问他。

"阿尔法现在又可以和我们在一起了，也许，再也不会离开我们了。"

"不要高兴得太早，米沙，"我说，"它可能是患了严重的脑震荡。"

"你不必担心，首长同志！我们将重新教会它执勤。"

"你别急，米沙！它受过伤，现在头部又受到震荡。脑震荡是不容易康复的。"

阿尔法留在我们这里一边接受观察，同时还担任巡逻执勤的任务。我们睡觉时，它就守卫着土窑，保护我们和马匹。它和我形影不离，我一起身，它总是跑在前头，遇到十字路口或是岔道，便停住脚步回头望望我，似乎在询问我，该往哪儿走了？只要我打一个手势道："前进！""向左！""向右！"它总是能准确无误地执行。

有时，我把自己的坐骑索科尔留在一个凹地，然后步行，就让阿尔法守卫着军马，它就会躺在马的前腿旁边，不许任何人接近。索科尔经常是安静地站着，它没有被拴上，有时会经不住绿草的引诱而挪动几步，阿尔法一见就会跳起来，用牙齿轻轻地蹭索科尔的前腿，威胁性地吠叫，似乎向它宣布："不许离开原地！"阿尔法还不让陌生人靠近我，只有我告诉它："自己人！阿尔法，这是自己人！"它才放心地走开。

有一回，阿尔法的行动让我感到惊讶。我出公差骑马去找团长斯米尔诺夫上校，团指挥所设在一个无名高地斜坡上的掩蔽部，高地背后就是敌人，下面是一个长满树丛的峡谷。去团指挥所严禁乘车和骑马，否则指挥所就会被德国鬼子发现，那是很危险的。我照章办事，把骑的马留在半公里外的丛林里，没有用绳子拴牢，然后命令阿尔法躺在旁边看守。我弯下腰，紧靠着树丛朝峡谷走去。我走出 15 米左右，回头一看，发现阿尔法跟在我后面。我很奇怪，厉声呵斥它："回去！"阿尔法乖乖地回去躺在马的腿边。等我继续朝前走了 15 米左右，它又跟上来了。这是怎么回事？它不听命令，我很生气，只好再次回来，让狗躺下，拍拍它的身子。它又在索科尔身边趴下了，把脑袋搁在爪子上面，还闭上了眼睛。我这才沿着自己的路线开步走，阿尔法始终躺在马的身边，再没有跟上来，只有一回它悄悄抬起头，像是在后面偷偷地观察我的行踪。

让我感到惊奇的是，当我到达团长的掩蔽部时，阿尔法又出现在我的眼前了。原来，它躲着我，却从另外一个方向绕了大圈子偷跑到这儿来了。瞧，它气喘吁吁地站在盖着绿草皮的掩蔽部顶上，警觉地望着我，贼溜溜的目光流露出胆怯的神情，好像在对我说："现在你该拿我怎么办呢？"

我气得想呵斥它一顿，但想到我走的是直路，而它为躲避我的视线绕了大弯，走了许多冤枉路，已经够累的了，怎么能再训斥它呢？我摊开两手微微一笑："哎呀，你这个小滑头！"

阿尔法注意到了我的笑容,赶忙从掩蔽部上跳下来,用爪子朝我前胸扑来,乐得发出一阵阵吠声,还想要舔我的嘴唇。我这时已经镇静下来,便推开它,故意大声吆喝:"走开!"

阿尔法没有被吓退,它听得出这吆喝声不是真心的。它从我身边跑开,走到掩蔽部门口,用前爪先推开门进去了。我跟在它后面,听见了斯米尔诺夫的声音:"瓦尼亚!客人来了,你要好好款待它。"

这是上校在对自己的传令兵说话。原来,一个星期前,我带着阿尔法来过这里,当时我一个人中间出去了一会儿,瓦尼亚就用灌肠和糖果招待阿尔法,它记住了这些美食,所以这次就非要来这个好客之家不可了。

"瓦尼亚同志,我给军犬规定的纪律,都被你破坏了,"我嗔怪他说,"别款待它!"然后,我对狗吆喝道:"去索科尔那里!嗯!"

阿尔法愧疚地低下了头,蔫蔫地,很不情愿地走了出去。我回到索科尔停留的地方时,阿尔法躺在它腿边,胆怯地望着我,怕我处罚它。我没有碰它,再说我自己也有责任,因为在连队里我曾经允许别人喂过它。

我们常常在离阿尔法不远的地方开枪，让它渐渐地习惯枪声。它特别害怕爆炸声，一旦听见炮弹爆炸，就扑到马腿下面尖声吠叫，遇到袭击时就卧倒在地。索科尔也学会了卧倒，阿尔法却紧紧靠着我，全身战栗不止，甚至吓得闭上了眼睛。我把它推开，鼓励它说："前进！阿尔法，前进！"

　　它站起来，刚跑开几步又回到我跟前。为了重新教会阿尔法执行通信联络任务，我们设置了两个"邮箱"，让它来回跑。一个"邮箱"在土窑里，由我负责；另一个在离土窑1公里的峡谷里，由米沙照管。阿尔法就在这两个"邮箱"之间执勤。途中，克维特科还在离它不远的地方故意引起爆炸……就这样，我们终于重新教会了它在战火中执行联络任务的本领。它变得越来越勇敢了。我们充满希望地安慰自己，相信总有一天它会重新回到连队。

　　但是，我们的希望落空了。

　　1943年夏天，我们粉碎了敌人的进攻，把他们赶到了西边。敌人撤退时在沿途，包括河岸和树林边，埋下了许多地雷。有一次，我执行任务必须去师兽医站，那段时间有许多马匹受了伤。这是一条大道，约有15公里的路程。我为什么不穿越森林走捷径而走这条远道呢？于是，我决定穿越森林。阿尔法像往常一样走在我的前头。到了森林边它停了下来，转身向我发出"阿姆，阿姆"的吠声。

"站住，阿尔法！"我喝道。

我骑马来到森林边缘，仔细观察地面，没有发现埋地雷的痕迹。我抬头看树木，树干上也没有什么异样的标记。我们的工兵有时来不及排雷，常在树干或木桩上钉块木牌，用显眼的字迹写明"布雷区"。我心想："德国鬼子干吗要从这里走呢？这儿既没有大道，也没有小路，他们可都是从大道上溜走的呀……"

阿尔法站在我身边望着我，等待我下达命令。我用手势指向前方，大声地说："前进！阿尔法，照直走！"

阿尔法摇摇尾巴钻进了森林。我没有加鞭催马，而是慢慢地朝前走着。索科尔也在树木之间小心谨慎地迂回前进。我们的前面是阿尔法那灰色的身影。这样大概走了50多米，前方突然响起了爆炸声，索科尔战栗起来，停住了脚步。阿尔法的身影我已看不见了。

在刚才阿尔法出现的地方,升起了一团烟雾和尘土。烟尘消散之后我才看见了阿尔法,它踩到地雷了！我多么想走到它的跟前去啊,但又不能这么做,因为森林是布雷区,还有可能再一次踩上地雷。再说,现在我已经救不了阿尔法了……

我勒转马头往回走。索科尔按照惯例,踩着自己的足迹前行,安全退出森林之后,我又绕远道去了师兽医站。我边走边想,阿尔法是用自己的生命,让我和索科尔得救了……

哥萨克小马倌

　　演马戏的剧院里，灯火辉煌。鲜红的帷幕徐徐拉开，一群来自库班河流域的哥萨克，骑着金晃晃的褐色顿河种马匹，迅捷地跑上舞台。留小胡子的谢尔杜克跑在前面，五个年轻骑手紧跟在他身后。他们大声吆喝着在舞台上奔跑，同时在马背上左右滚翻，披戴着的斗篷如张开的翅膀上下飘动。不一会儿，他们扔掉斗篷，用马刀砍断枝条，瞄准纸制的目标射击。

　　乐队奏起了俄罗斯民间乐曲，骑手们又退到幕后。舞台上只留下一个哥萨克男孩彼加。他在疾驰中跳到马背上，随着乐曲跳起了舞蹈。彼加跳得那么快，那么自信，好像是在平地上跳动似的。金黄色的拉斯托奇卡驮着他在舞台上奔跑，让人觉得它腾空飞起来了。哥萨克男孩突然跌下马鞍，呼叫一声就仰面倒了下去。这时，观众席上有个女人发出"哎呀"一声惊叫，以为这孩子从马鞍上摔下来不省人事了。其实，他的脚还钩在马镫里，头悬挂在马的后腿边，双手像是被折断似的瘫软无力地摆动。这不是意外事故。当然不是。这也许是马戏团表演节目中的一个惊险动作，但不知为什么时间拖得这么长……似乎这匹马踢伤了他的头部。"到底怎么啦？"有的观众忍不住嚷了起来。

随后，哥萨克男孩又绷直身子，接着跃上马鞍，驱马跑进了幕后。剧场里爆发出一阵热烈的掌声。

彼加骑着马回到前台谢幕，在马鞍上翻了一个跟斗，又朝幕后跑去了。尼古拉耶维奇走到儿子跟前，紧紧抱住他："彼加，好样的，你表演得太精彩了！"

"这是告别演出嘛，爸爸！"满脸通红的彼加回答说，同时躲开了爸爸的胡子，他的脸被扎得痒痒的。

"对，这是我们的告别演出。不过，你还得留在马戏团。"

"不，爸爸，我要和你们一起走。"

"彼加，我说过了，你不能走，那可不像演马戏。我都不习惯，更何况是你，你还是一个孩子呢。"

"你不带走我，反正我自己也会去的。"

"行啦，你这个小傻瓜！你的日子还长着呢！要不然你会挨枪弹的！"

"我要去！"彼加固执地说，"就是要去，我很快就要领身份证了，可是你总还是把我当作小孩子。"

尼古拉耶维奇望着儿子，心想，瞧他这个倔性子，真和自己一模一样！

莫斯科的街道上，整夜都能听得到部队行进的脚步声，坦克的隆隆声，还有其他军车拖着大炮行进发出的响声。天色刚刚发亮，从马戏团剧场的大门里冲出一群哥萨克骑手。奔在前头的是尼古拉耶维奇，他身后是分成两排的哥萨克年轻人，彼加在队伍的最后。每个人的面部表情都很严肃，只有彼加乐呵呵的。因为他终于能上前线了！他真想笑出声来，真想和同志们交谈，甚至还想唱一支歌儿。但他没有这么做，而是沉默不语，不然，别人又会把他看成是一个小孩子了。为了显示出自己已经是个大人，彼加把上身从马鞍上稍稍抬高一点儿，把两条腿挺得直直的。

父亲回过头看看儿子，暗自思忖道："小傻瓜，照他那股高兴劲，他哪里知道，这是去赴汤蹈火啊……一旦儿子出事，我们家就将断根了。哎呀，我为什么要带他出来呀……"

马戏团的骑手们全部编入由米罗什尼科夫中校指挥的骑兵团。战士们仍然把他们看成是马戏演员，他们被派遣到敌人后方去侦察，常常驮回来"活舌头"。

在执行这种危险的任务时，侦察员都不带彼加去。只有骑马下连队或者是去团部后方机关执行任务时，才有他的份儿。彼加感到委屈，他渴望立功，但就是不给他机会。彼加想说服团长，团长却和他爸爸一样，坚决不同意："彼加，你去前线还早着呢！暂时好好学习，多多观察……战争不是一天两天的事，你以后总会有机会的。"

"对，会有的……盖达尔 15 岁就当侦察员了，可是我都快 16 岁啦！"

彼加把盖达尔抬出来也无济于事，他气冲冲地离开了团长，心想："他们不让我去，准是和我爸爸串通好的……"

这是 1941 年 10 月，多雨泥泞的季节。敌人发起进攻，我们的部队没有退路，因为背后是莫斯科。有一次，团长把彼加叫来："小哥萨克，你骑马从左边去附近的兄弟部队和他们取得联系，弄清他们为什么没有反应。这任务危险，你要特别留神。当前形势危急，你看看……"

米罗什尼科夫中校把军用地图摊在彼加面前："你看准，还要记住：这里是我们部队的驻地，他们的司令部应该在这里，在科罗廖夫卡村。"

彼加看完地图点点头，说他已经明白了，中校叫他快上马出发，小哥萨克像子弹飞出枪膛似的跑出了团指挥所。

他终于领到了真正的战斗任务！彼加披上斗篷，跃上军马，立刻朝前飞奔。这个任务他一定要好好完成，让爸爸看一看，他的儿子已经不是一个小孩子了，因为这个任务是团长亲自交给他的，还郑重其事地称呼他是哥萨克！

右边不远处响起了炮声，大地在颤抖，天空传来敌机的轰鸣声。左侧树林后面的村庄在燃烧，刺鼻的烟焦味朝彼加扑面而来。"敌人到处放火！畜生！"他心里愤愤地骂道。

开始，彼加沿着田野里被人刚踩出来的小道行进，马蹄常常陷入烂泥中。后来，他走进一条干水沟沿着丛林策马向前，快到一个小高地了，上面长满了茂密的白桦林，科罗廖夫卡村就在那边。

彼加来到树林脚下,离科罗廖夫卡村不到 1 公里了。他快马加鞭直朝村庄跑去。

村子里只有一条长长的街道,临街是一排排灰色木屋,死气沉沉的,似乎房梁也被沉闷的空气压弯了。村子里看不见一个人影,彼加来到大街上边走边朝四面张望。"伪装得真好! 村民们大概全都撤退了。"他这么想。

突然,由街中心传来一种声音,从院子里走出来一个人。他头戴钢盔,身穿一件很脏的灰大衣,真像德国鬼子,说不定是个俘虏,可他手里还有自动枪! 这个人盯住风尘仆仆的彼加,很快转身跑进院子里拼命叫喊:"哥萨克游击队,哥萨克游击队来啦……"

彼加感到情况不妙,赶忙拽紧缰绳,让拉斯托奇卡举前腿直立起来,就在原地掉头,按原路疾驰返回。彼加头部贴近鞍桥,黑色斗篷在空中像扇子一样展开。

几个德国鬼子从院子里跑出来,朝着哥萨克小骑手离去的身影慌乱地嗒嗒嗒扫射一气,子弹从彼加的头顶、身旁飞啸而过。他回头一看,两个摩托车手在后面紧追,但就是不开枪。"他们想抓活的? "一个念头在彼加头脑里闪过。他几次转过身去向德国鬼子开枪,一个鬼子叫喊一声和摩托车一起倒下，摔在地上挣扎。已经到了村口，另一个摩托车手仍紧追不舍。彼加向右急转弯，驱马跑进一片长满树丛的荒草地。摩托车在这里很难通行。彼加又转过身要向敌人射击，才发现已经没有子弹了。德国鬼子停在树丛旁边，跳下车又向哥萨克小骑手扫射了一阵。德国鬼子发现小哥萨克先是捂住胸口，然后两手一松，仰面倒在了马背上，黑色的斗篷耷拉下来，扫着树丛，好像骑手的翅膀被砍断了。他的头部和两只手悬挂在马背上。德国鬼子停止了射击，但仍紧追不舍，边追边用德语大喊："站住！"

敌人大概是看中了这匹军马。不过俄罗斯马听不懂德国人的口令，仍旧驮着受了伤的主人朝树林跑去。它跑得有点儿奇怪，像狗一样侧着躯体，或许是为了保护主人不使他受到枪弹的射击。突然，中弹躺下的小骑手猛一用力挺起身子又坐上了马鞍，朝树林后面疾驰而去。德国鬼子先是一怔，等他明白过来要再举枪扫射时，彼加早已远去了……

彼加跳下马，跑进指挥所见了团长。他要举手行个庄严的军礼，立即想起自己戴的库班哥萨克的平顶羊皮帽是没有帽檐的。

"中校同志，我没有完成你交给我的任务。科罗廖夫卡村已被敌人占领了……"

中校看见他脸上、身上有血，大声喊道："叫卫生员！叫他快快到这里来！"

"中校同志，不要紧的，我只擦破了点儿皮……我不知道到什么地方才能找到司令部……我感到惭愧。"

中校听完哥萨克小骑手的话，走上前来，把一只手搭在他的肩上："哥萨克，不要难过！打仗就是打仗，战争中什么事情都会发生。单凭你这股机灵劲就是一条好汉。以后，就能让你去完成真正的战斗任务了……你可要沉着应战。"

卫生员给彼加包扎好划破的脸和双手，叫他休息。尽管天已经很晚了，哥萨克小骑手却怎么也不肯上床睡觉。他要装作真正红军战士的样子，让大家看看他已经挂彩。

夜里，父亲侦察回来，看见儿子的头部和手上都缠上了绷带，担心地问道："孩子，怎么啦？你在什么地方弄成这般模样，嗯？"

"爸爸，我在丛林里跟法西斯分子耍了个花招。我只是擦破了点儿皮，是卫生员亲自给我包扎的，他把我当作重伤员了，我说没有必要包这么严实，他就是不听，说不这样包扎，伤口会感染的。"

父亲亲自仔细查看了儿子的斗篷，发现几处被子弹打穿了。他摇摇头："幸好，只伤了点儿皮肉。拉斯托奇卡没受伤吧？"

"也受了点儿轻伤，兽医说没有危险。爸爸，你可别为我担心，中校说，我现在可以完成侦察任务了。"

"你别这么头脑发热，搞侦察需要头脑冷静！"

"反正我和你在一起，你会教我的。国内战争时你才18岁，现在，我也已经16岁，我能够完成任务了！"

尼古拉耶维奇骄傲地看了孩子一眼。他心疼彼加，毕竟是自己的儿子啊！但他也感到骄傲，儿子是好样的，不愧是哥萨克的后代！

神马飞越险沟

1941 年深秋，当德国鬼子逼近莫斯科的时候，彼加所在的骑兵团，奉命去袭击敌人的后方。

这时，那匹名叫拉斯托奇卡的马已经出了兽医站，体力也已经完全恢复。彼加很高兴，他认为世界上再也没有这么神奇的骏马了。

有一天夜晚，四周幽静、安宁，丛林里似乎没有敌人埋伏，马镫和扣环都用绿布条细心地包扎起来，马匹和人们，再加上茂密的林荫全都融成了一片，仿佛世界上没有一点儿声音。

科托夫中尉交给彼加一份情报："彼加同志，你把它送给鲁特尼亚村司令部的首长，必须在一个小之内送到，路线是沿公路右侧，穿过树林，方位 44 度。"紧接着中尉压低声音又说："彼加，我们处在敌人的驻防地，遇到情况，不要接火，可以绕道走，同时继续侦察。"

彼加复述了一遍命令，跳上马，几乎是毫无声响地钻进了松树林。只有一次踩上了枯树枝，树枝在马蹄下像骨折似的发出轻微的咯吱声。接着又是一片寂静。

皎洁的月色透过树枝缝隙，在地上洒下斑斑光点。彼加驱马在暗处绕行。拉斯托奇卡走的是小快步，它聚精会神地注视着丛林和树木，不时又咯吱一声踩上了薄冰。这种意外的响声，真让主人提心吊胆。

大约走了半个小时，彼加来到树林边，一片沼泽地出现在他的眼前。再朝前走显然非常危险。彼加让马向左转，突然，从不远处传来说话的声音。他立刻勒住马，停下来倾听动静：说话声是从左边传过来的，约有一百米的距离……有敌人？

起初，彼加打算向右跑，绕过沼泽地继续朝前去鲁特尼亚村。后来又改变了主意："应该侦察一下……敌人朝哪个方向去？有多少人……"

彼加回头来到林边，这里是一片云杉树幼苗。他紧拉一下右侧的缰绳，同时用右腿紧夹马的腹部，轻声命令道："卧倒！卧倒！"

拉斯托奇卡顺从地先蹲下，然后慢慢向右侧躺下去。

它仰起头，平躺在有点儿潮湿的地上，深深地呼吸。

彼加半躺半坐地紧靠着马的腹部，轻轻拨开身边的云杉枝条，安全地隐蔽起来。即使有人从近旁走过也不易发现他。但愿拉斯托奇卡能安安静静地躺着。

说话的声音越来越近，德国鬼子的片言只语都能听得见了。彼加的心脏急剧地跳动，像敲小锤子似的砰砰砰直响。"我埋伏在这儿也许白费劲了？陷在这里，情报也送不出去了……"他想，但接着又自我安慰一番，"算了，如果敌人硬是要来找麻烦的话，我就给他们来一梭子，再扔一个手榴弹！"他用左手摸摸系在腰间的两个"柠檬型"手榴弹，然后两只手紧紧握住枪。

能看清敌人了！一共有八个骑兵，他们停下来。一个骑兵从兜里掏出地图，用小手电微弱的光束照着它。这时，一匹马突然大声嘶叫起来，在森林里引起了回声。彼加觉察到拉斯托奇卡正在绷紧全身的肌肉要做出反应。他立即用一只手抓住了马的上嘴唇，严厉而又用带请求的口吻低声说："安静……安……静。"

看地图的那个德国鬼子指着彼加这边说了些什么，两个骑兵就径直朝彼加走了过来。只差15米左右就到他跟前了。他扣紧扳机，严阵以待。这时，从树林里传来零星枪声，一个骑兵和一匹马扑通一声栽倒在地上。另一匹马猛力朝后退，德国兵嗖的一声跳下马。彼加连忙拉紧缰绳，拉斯托奇卡立即站了起来。彼加跳上马，向松树林深处迂回疾驰。身后传来叫喊声和枪声，子弹呼啸着擦过树枝噼啪作响。

"得赶快离开这里，送情报要紧……"彼加这么想。

身后的马蹄声越来越近，有人还向彼加吆喝："站住！"彼加不顾一切地勇往直前，来到了一块空旷地。前面是一条七八米宽的深沟，左右都是沼泽地。

拉斯托奇卡能驮着彼加飞越过去吗？它在平道上可以飞奔，可眼前是条深沟啊……此刻，拉斯托奇卡不但没有减慢速度，相反，它正在使劲地加快步伐。彼加放松缰绳，用马刺催促它快快前进。转眼来到深沟边了，只见它猛地向上朝前一冲，终于飞越过去了！

当拉斯托奇卡像童话中的神马似的驮着主人越过深沟之后，彼加才回头看了看。追击的德国鬼子来到深沟边上，勒住了马，朝着彼加离去的方向射出一排子弹。彼加顿时感到左腿火辣辣的，但仍旧驱马飞奔着钻进了森林。这时，他才感到全身发热发软。他怕鬼子继续追击，为了甩掉敌人，便躲进了密林深处。"应该把伤口包扎起来……缠上绷带……"彼加爬下马鞍，感到一阵剧痛，呻吟了几声，便倒在地上昏了过去。拉斯托奇卡吓坏了，它用一只雪青色的眼睛斜视一下主人，打了一个响鼻，朝一边走开了。

几分钟后，彼加清醒过来，他觉得好像已经过了几个小时了。周围是异样的安静，只有远处的爆炸声和空中飞机的轰鸣。他看看射进林中的亮光点：这是白色的月光，空中群星闪烁，似乎还在移动。现在是夜间？必须赶快离开这里，要不天色即将发亮。拉斯托奇卡在哪里？他朝四周望了望，见不到它的身影。难道它走啦？彼加想支撑起来，全身却瘫软无力。他喉咙冒火，饥渴难忍……潮湿、寒冷使他全身发颤。要是一动不动地躺在暖和的地方睡上一觉，该有多美！不知为什么，他总想睡觉。腿上的伤口要是有绷带缠住就好了，但装绷带的袋子却搭在马背上。拉斯托奇卡现在又在哪里啊？它不会走远的，肯定就在附近的什么地方。彼加把两个指头放进嘴里，轻轻地吹了一声口哨。它能听得见吗？没

有，没有回应。他又稍稍用力吹了一声，这才从右边传来一声响鼻。拉斯托奇卡！就是它！随后是一阵枯树枝折裂的响声。它从树林里走了出来，身上的缰绳一直拖在地下。它走到主人跟前，用软绵绵的嘴唇碰碰主人的手掌，轻轻舔了舔。

"啊哈，你真傻……现在我身边什么吃的东西都没有……你怎么啦，难道没看见？"彼加以为拉斯托奇卡是在向他要糖吃。他再一次试图挣扎着站起来，但力不从心。

这怎么上马呢？他朝马身旁转动，抓住了马蹄上的趾骨，拉斯托奇卡乖乖地弯起腿，侧过头来望着主人，好像在问主人需要什么。彼加把缰绳紧往下拽，又轻声说："卧倒……卧……倒。"

看来拉斯托奇卡很熟悉这个词，它朝地面看看，似乎在估量躺在什么地方才不至于压着主人。然后先蹲下，再小心翼翼地朝左侧躺下去，马鞍正好落在彼加的身边。他伸手抓住鞍前桥，使尽全身力气爬上马鞍。拉斯托奇卡这才动了一动，慢慢站起身来。彼加瞧瞧戴在右手上的指南针，驱马启程。

天色发白了，峡谷弥漫着乳白色的晨雾。巡逻骑兵普霍夫和维德尔尼科夫站在掩蔽部前值勤，他们突然发现了一个奇怪的现象：一匹没有人驾驭的马从树林里走出来，缰绳拖在地上；马把头部扭向一边，侧着身子朝前走，以防绊着缰绳；骑手躺在鞍前桥上面，脸贴在马的脖子上，颤抖的两手抓着鬃毛……

　　巡逻兵驱马来到这位特殊的骑兵跟前，终于认出来他就是彼加。他们提起缰绳，牵着拉斯托奇卡朝指挥部走去……

胡子大叔的两头骆驼

斯大林格勒保卫战正在激烈地进行。

我们运输连驻扎在伏尔加河左岸，一个峡谷斜坡上的掩蔽部里。那里是光秃秃的荒原，没有树木，也没有丛林。

赶马车的上等兵涅斯特罗夫把军火运到河边装驳船。突然，一架敌机袭来，炸死了他的两匹马。太可惜了！但在紧张的战斗中没有时间来忧伤，必须赶快找牲口代替。这时，正巧从埃利通地区的"胜利"集体农庄运来了一批支援前线的骆驼。农庄主席沃洛比约夫对师长罗迪奥诺夫少将说："请你们尽快把那些德国鬼子从可爱的伏尔加河赶走。你们需要什么，我们保证供应！"

这批活礼品分配到了各个团队。近卫军运输连连长萨布林中尉，是个骑兵迷，除了马，别的什么动物都不认。他看见涅斯特罗夫带回来两头骆驼，竟莫名其妙地对他大发雷霆："你把这种长颈鹿拽到我们骑兵连来能派上啥用场？它能干什么？既不能钉铁掌，又不能伪装……走着瞧吧，这些大目标，战斗一打响就会被打死，还会暴露连队驻地。再说，这些大家伙也不适应西边的气候……"

上等兵涅斯特罗夫却向连长报告了自己的想法："中尉同志，我们这里运输任务这么繁重，道路泥泞难行，汽车经常陷进泥里。现在马匹不够用，而且，它们的体力都在衰退。这些骆驼是活的'越野车'，不碍事，它们不会打滑。它们不需要喂燕麦，只要给它们吃些干草和野蒿就行，再给加点儿盐就足够了。我小时候养过骆驼，我熟悉它们，至于伪装嘛，你也不用担心，我会慢慢调教它们……"

这两头骆驼长得不一样：一头是单峰驼，身材细长高大，性格固执、凶狠；另一头是双峰驼，个头矮小，体格结实，性格温驯、和善。两头骆驼的毛色也不一样，单峰驼的皮毛是浑浊的沙土色，稀疏、粗短；双峰驼的皮毛是浅栗色，毛厚、卷曲。

涅斯特罗夫把那头单峰驼叫作"淘气包"，把双峰驼叫作"乖熊"。他把两头骆驼套在一驾马车上，试跑一段路之后，报告连长说："一切正常，我让它们拉了一吨重的货物，按时完成了任务。"

傍晚，连长让全排在掩蔽部前的峡谷里整队集合。他命令涅斯特罗夫站出队列，然后郑重其事地把缰绳递给他："近卫军上等兵同志，我把这两头'重役马'交给你。"

骆驼站在中尉的背后，平静地望着大家，好像眼前发生的事情和它们毫无关系。

中尉把骆驼交给涅斯特罗夫之后，继续往下说："你和骆驼在一起工作，要像爱护人民的宝贵财产那样爱护它们。教它们军事知识，它们应征前没有接受过军事训练。"

他严肃地说完以后，两眼露出微笑。我们也都笑了。

涅斯特罗夫接过两头骆驼，向连长保证说："保证胜利完成任务，近卫军中尉同志！我绝不会给连队丢脸。"

涅斯特罗夫开始对骆驼进行军事训练，这个来自乌拉尔斯克的农民，年岁大了一些，但身体强壮，为人精明能干，当过集体农庄主席，又有养骆驼的经验。他有三个儿子上了前线，这回又自愿参军。涅斯特罗夫性格平静，手脚勤快，大家都很尊敬他，连长对他也很客气，我们很愿亲近他，开玩笑叫他"胡子大叔"。

涅斯特罗夫首先教骆驼听懂"卧倒"这个命令。温驯的"乖熊"很快就明白了，顺从地躺倒在地上。可是"淘气包"也许是听不懂命令，也许是不愿意执行命令，总学不会这个动作。空袭的时候，它吓得全身发抖，还东跑西窜。这时，涅斯特罗夫就抓住缰绳向地面拽，促使它快些卧倒。"淘气包"不听从，嘶叫着，嘴里还吐出反刍过的绿色液体状食物。

有一次，我们劝说涅斯特罗夫："你干吗这么耐心地照管它？让它尝尝鞭子的滋味，说不定就会老实了。"

"同志们，不行！靠鞭子是训练不出好牲口来的，结果或许会更坏，我可知道这一点。"

他又用带盐的面包来喂不听话的"淘气包"。骆驼最喜欢吃咸食，缺少盐它就没法儿活。涅斯特罗夫在地上放一片面包，撒上厚厚的一层盐，然后招呼"淘气包"："卧倒！卧倒！"

不驯服的"淘气包"为了吃到盐，不得不躺下来。

但这还远远不够。因为骆驼躺下时，它那弯弓形的粗长脖子，再加上硕大的脑袋，整个儿地高高耸立着，同样是招致敌人射击的大目标。于是，涅斯特罗夫又开始教骆驼如何把脖子也贴近地面。听话的"乖熊"很乐意这么做，它很方便就吃到了带盐的面包。"淘气包"也能将脖子紧挨着地面，可是它一旦吃完可口的食物，立即又把脖子竖了起来。它下嘴唇耷拉着像个勺子，上嘴唇高高垂着，目光恶狠狠地瞧着四周。只要一看它这副嘴脸，就知道这是头很任性的牲口。涅斯特罗夫够耐心的了，但有时也忍不住要骂它几声："唉，讨厌的家伙！等着瞧吧，等敌人用炮弹炸烂你那个顽固的脑袋时，你才会想起来，我是怎么教过你这个笨蛋的……"

我们看着涅斯特罗夫那么费劲地训练骆驼，就开玩笑说："涅斯特罗夫同志，等战争一结束，你干脆领着它们去马戏团吧！到老年也好有事做。那时你给人们逗乐，能挣好多钱呢！"

涅斯特罗夫严肃地说："你们不熟悉这些牲口，所以才会这么说。要知道，我把它们带回集体农庄，照样能挣大钱。那时，你们就会知道它们会干些什么活儿了……"

起初，涅斯特罗夫只把物资从师部交换站运到团后勤部，就不再往前方送了。后来，连长发现，骆驼在途中很听主人指挥，就让涅斯特罗夫把武器弹药直接运到团属下的炮兵连的前沿阵地。

"这些长颈鹿就归你领导了！"连长说，"必须给他们配备能人，你瞧瞧，这些牲口在前线多么有用，说不定骆驼能顶整整一个排。小伙子，那时就派你当指导员，怎么样？"

几句话把涅斯特罗夫逗乐了，人总是愿意被别人称作是好样的。

从此，涅斯特罗夫就开始给前沿阵地运送弹药，但第一次就遭到了敌人的炮击。"卧倒！"涅斯特罗夫喊叫一声就跳进了壕沟，两头骆驼也应声扑通一下躺倒在地上。"乖熊"把脖子贴近了地面，"淘气包"却把脑袋昂得高高的，还不时朝四面张望——不知是在窥测逃窜的方向，还是在寻找敌人——将反刍的食物吐出来。飞啸而过的炮弹落在离阵地较远的地方，有的还没有飞到目的地就爆炸了，有的又飞过了头。突然，有一颗炮弹落在近处，爆炸时发出轰隆一声巨响。

"淘气包"吓得跳了起来，它嗖的一声直立起来就往一边跑，套绳也被拉断了。它惊慌失措，乱窜一阵之后倒在一个峡谷里。事后，涅斯特罗夫才找到了它。"淘气包"躺在血泊里直喘粗气，乏力的躯体被汗水湿透了。它挨了两块弹片：一块打穿了肩部，另一块卡在后脑勺里。

受伤的"淘气包"被送到兽医站里，在那里医生给它做了手术，取出了弹片。

三个星期后，"淘气包"被送回部队，又开始驮运物资了。不过，早先任性的骆驼比过去老实多了。不知是因为它忘不了受伤的遭遇，还是因为被涅斯特罗夫的固执劲征服了。遇上袭击，它便赶紧卧倒，伸直长脖子贴近地面，甚至害怕得有点儿发抖，并低声呻吟。

冬天，我们部队围歼敌人需要大批弹药。道路上满是冰雪，汽车经常抛锚。双套马车也难以行进，积雪都高到马肚子了，再加上路面狭窄，稍不小心就会溜到一边去。很多部队都设置了骆驼运输队，以搬运大量弹药。我们也成立了一个骆驼运输排，为首的当然就是涅斯特罗夫。

当时马匹很紧张：体质衰弱，还不断出现疫病，因为它们只能吃干草，但任务又很繁重。可是骆驼却安然无恙，它们能忍受一切。

涅斯特罗夫想出了一个办法：用"活牵引车"拉雪橇列车，即每头骆驼后面拖三个雪橇，这样一个排就可以运送三个排的物资。为此，涅斯特罗夫荣获了"战斗功勋"奖章，还晋升为中士。连长萨布林上尉称赞他是前线突击手，我们大家都向他表示热烈祝贺。

伏尔加河战斗结束后，才改用马匹运输。骆驼全部都送回集体农庄，春耕即将开始，农民们忙不过来，他们剩下的牲口实在太少了。

可是，涅斯特罗夫却和自己培养出来的两头骆驼难分难舍。

我们向西进军，这草原上的牲口比较容易忍受新的气候变化。涅斯特罗夫总是要保护它们不受到敌人的袭击。但在战斗中，任何意想不到的情况随时都会发生……

1945 年 1 月，我们部队从波兰境内的维斯瓦河向前追击希特勒的军队。敌人的残兵败将躲进了森林。我们急速行军，紧紧追击敌人，以致马拉载重车赶不上步兵而掉了队。这时，步兵已不是步行，而是乘上了汽车，或是骑上了缴获来的马匹。

　　西方的冬天雨雪多，下完雪后一两天就融化，令人烦闷。有一天涅斯特罗夫说："瞧这鬼天气！真弄不明白，既不像冬天，又不像秋天。我们家乡，季节就分得很清楚，冬天就是冬天，秋天就是秋天！"

　　涅斯特罗夫对西方的潮湿天气和坚硬的公路路面特别头疼。骆驼不能上铁掌，因为脚掌是软绵绵的。它们在潮湿的柏油路上行走很艰难，常常滑倒，脚掌被磨得嫩肉外露，鲜血直滴，再走起路来就一瘸一瘸的。"乖熊"的韧带也受到了损伤，真不忍心再让它们干这种运输活儿。后来，涅斯特罗夫给他的牲口用厚橡皮制作了保护鞋，裹上这种鞋，走路就不再打滑，也磨不着脚掌了。"乖熊"因韧带受伤不能工作，涅斯特罗夫就给"淘气包"换上了单套车。

　　在戴奇—克龙城区，我们连落在兄弟连的后面了。

傍晚，我们的载重车沿着林间道路行进。突然，树林里响起了嗒嗒嗒的机枪扫射声，子弹从头上飞啸而过，近卫军萨布林中尉命令："持枪！"

"挨个儿进入路边阳沟隐蔽！"

"卧倒！猛烈射击！"

我们手持自动枪，扔下大车，急忙跳进沟里观察敌人来自何方。看不见人影，只看见一排排射出来的子弹，敌人藏在树林后面向我们开枪。这时，我们也开枪回击。重役车停在道路上没有人看管。突然，"淘气包"窜到一边朝森林跑去。被套在大车后面的"乖熊"挣脱缰绳却卧倒在原地。"淘气包"还在跑，涅斯特罗夫担心它会落在敌人手里，便使劲吆喝："卧倒！卧倒！"

"淘气包"这次也听从了命令，果然啪的一声躺倒在地上了。

法西斯分子的子弹从四面八方射来，有个敌人爬到涅斯特罗夫的大车跟前，抓到了"淘气包"的缰绳。骆驼躺在原地一动不动，连头也不离开地面。

我们想瞄准敌人开枪，又怕伤害了牲口，真让我们左右为难。

法西斯分子看骆驼不肯站起来,便用枪捅它的嘴脸。"淘气包"受不了这样的侮辱,抬起头朝鬼子喷吐出气味难闻的反刍食物,弄得他满脸都是。法西斯分子叫嚷起来,更使劲地用枪托揍牲口,然后打算爬着离开。这时"淘气包"却变得更凶暴了,它嗖的一声站立起来,朝鬼子扑了过去。鬼子吓得赶忙跳起来,对准骆驼的腹部扫了一梭子。"淘气包"狂吼几声之后蹲在地上,但没有躺下,而是蹦跳着向敌人冲去,用牙咬住他的脖子,再用整个身子压倒了那个法西斯分子。

　　这时,连长下达了命令,大家高呼着"乌拉"跳出

阳沟，边跑边射击。树林中，法西斯分子逃之夭夭，只丢下了一些尸体和伤员……

我们跑到"淘气包"跟前，它呼吸十分困难，时不时闭上混浊的大眼睛，艰难地呻吟着，生命处于垂危状态。

涅斯特罗夫摇摇他长满白发的头，伤心地说："瞧你呵，我可爱的'淘气包'……你不能和我们一起继续前进了，你不能和我们一起打到野兽窝里去了……我白费了一番苦心……"

好样的骆驼与敌人殊死搏斗，获得战果。我们从它身下拖出那个法西斯强盗，他的脊椎骨多处被"淘气包"压碎，人早已断气。

我们都为失去"淘气包"而惋惜，涅斯特罗夫更是伤心不已。双套大车只剩下一头骆驼了。"乖熊"的瘸腿好了之后，才和一匹缴获来的马套在一起拉车。这是一匹火红的比利时大挽马，力气大，能担任劳役。开始，骆驼用不满的神情斜视着这匹马，后来慢慢习惯了，拉车时才互相配合。

1945年5月初，攻克柏林之后，我们连继续纵队前进。近卫军大尉萨布林骑着一匹漂亮的高头大马走在前面，在第一辆骆驼和马匹的双套大车上，端坐着近卫军准尉涅斯特罗夫。他胸前佩戴着一枚闪闪发光的红星勋章和两枚战功奖章，梳理得整整齐齐的大胡子，泛着银白色的光泽。由他训练出来的"乖熊"的长脖子上披着一条红缎带，上面还打了一个松软的蝴蝶结。

涅斯特罗夫眯起眼睛，望着一片砖瓦房的残垣断壁说："真是野兽，处处抢劫一空……"

在吃午饭的休息地，我们给一群饥饿的德国孩子吃面包，喝稀粥。他们吃饱了，高高兴兴地向我们表示感谢，还把一些柏林风光的明信片塞到我们手里。有个孩子指着一张印有希特勒办公室的图片说："希特勒完蛋了！"

"可不就是完蛋了，什么也没有剩下……把德国人民折腾到这步田地。"涅斯特罗夫也难过地说。

在柏林城郊，我们大约只停留了半个小时，驻扎在条件较好的房子里，心里却思念着自己的家乡和土地。"乖熊"的情绪也不高，身体消瘦了，肩部上的鬃毛向侧面倒下，这里的潮湿气候对牲口很不利。

"啊呀，'乖熊'，我的朋友！"涅斯特罗夫说，"看得出，你也不喜欢异乡的气候，我们现在就回家吧，回到家乡草原上去。那里有可口的青草和温暖的太阳……"

是的，世界上找不到任何地方，比家乡更使人感到亲切！

1945 年年底，涅斯特罗夫复员，和"乖熊"一起回国。部队还发给他们一个证书，证明这头骆驼曾为祖国立过战功，是近卫军战士送给"苏联劳动者"集体农庄的礼物。

狗永远陪伴着主人

在被焚烧过的小村庄里，一条黑狗紧跟着我们。它毛茸茸的，只在眼睛上长着一片黄毛，身上很脏。当时，我们连队有一个神枪手，是个鞑靼人，名叫拉菲科夫。他不爱说话，打起仗来却很勇敢，平时对人也非常热情。

就只有这个拉菲科夫喜欢上了这条无依无靠的大黑狗。他用面包和汤喂狗，还领它去河边洗澡。心满意足的黑狗抖掉身上的水珠，打了一个喷嚏，用信任的目光望着自己的保护者，再舔舔他的手，表示感谢他的关爱。我们取笑说："喂，你大概做梦也想不到自己会得到这么好的照料吧！"

后来，我们大家也都喜欢上这条狗了，它使我们想起家乡农村的和平生活。在前线经常有这种事：战士们一会儿带来一只小狗，一会儿带来一匹小马驹，在停火期间或行军间隙，亲昵地抚摸它们，逗它们玩儿。

黑狗很快熟悉了新环境，适应了连队的生活，甚至认识了每个战士。不过，它总是只把拉菲科夫当成是自己最亲近的主人。

一次，连长对拉菲科夫说："怎么能让它吃闲饭呢？你教它学点儿本事，干点儿有益的事情吧！"

从此，拉菲科夫就开始教它一些军事知识。他把机枪子弹袋裹在黑狗身上，让它带着枪弹跟在自己后面走。后来，又教它爬行，他把一块肉扔到远处，自己却躺在地上，示范着做爬行动作，同时对狗下达命令："爬！快爬！"

起初，狗总是急着跑去要抓肉吃。固执的"教练"硬是不许它吃。他用一只手按住狗的脊背，逼着它趴下。

我们用怀疑的眼光看着这场有趣的训练，还取笑拉菲科夫说："算了吧，你别折腾它了。它不过是普通的看家狗，在村子里它只能瞎叫几声，吓唬吓唬小偷。这种狗是训练不出来的！"

拉菲科夫不理会战友们的闲言碎语，他依然坚持着自己的观点："用不了多久，你们看吧，它准能学得会！"

功夫不负有心人。果然没过多久，只要他一声令下，黑狗就乖乖地爬行起来。完成任务以后，就能从主人那里得到奖赏——一块肉或是一些糖。

后来，黑狗开始执行军事任务。在战斗中，拉菲科夫及其助手科罗廖夫用机枪扫射敌人。不远处的山沟里是弹药供应点，黑狗就待在那里。在一次激烈的战斗中，机枪手的子弹用完了，这时，敌人的火力密集起来，子弹的供应就变得很困难了，只好让黑狗也上阵。它一听见"爬！"的命令声，撒腿就上前趴下，然后伸展身躯，贴近地面带着子弹朝阵地爬去。

空中的子弹在它周围呼啸而过，近处不时还响起地雷爆炸声。它不顾这一切，仍然坚持朝前爬啊爬啊，直至到达目的地。机枪手从它身上取下子弹袋，才又让它返回原地。

战斗结束，战士们都想犒劳黑狗一番，拉菲科夫却劝阻大家说："不要宠坏了它，否则，它以后就不听使唤了。"

黑狗能顺利完成任务，对战士们又都挺友好，我们大家就更喜欢它了。

但是，在战争中，我们常常会突然失去大家所珍惜的，也是我们极不愿意失去的东西。

在一次战斗中，黑狗带着子弹袋已经爬回到拉菲科夫的跟前，近处的一颗地雷突然爆炸了。拉菲科夫一头栽倒在机枪旁边，机枪变"哑"了。黑狗大声哀号，急得在原地打转，还用牙咬住主人受伤的脚。

战斗胜利结束后，我们来到拉菲科夫的机枪阵地，这位主机枪手仰面直挺挺地躺在战壕口，身旁是他那条忠实的黑狗，它的两条前腿伏在主人的胸前，在悲痛地哭号……

我们把战友掩埋在离村子不远的树林边上，坟堆上竖起一块小小的木质纪念碑，上面写着："阿布杜拉·拉菲科夫为苏维埃祖国英勇献身。1912 年出生。"

我们又给这条黑狗包扎好受伤的腿，让它躺在一辆大车上。

部队准备撤退。我们在夜里出发，到清晨已走了十几公里。这时才发现，那条黑狗已经不在车上躺着了。它到哪儿去了呢？问谁谁也不知道。

两天后，我们就收复了这个村子。同志们到拉菲科夫的墓前去凭吊战友，发现坟墓上那块木质小墓碑被拔出来捣毁了，我们的黑狗竟然也直挺挺地躺在墓边，脑袋被打开了花。从当地居民那里，我们才知道了这是怎么一回事。

原来，我们一撤出村子，法西斯分子就闯了进来。一个鬼子看到了树林边拉菲科夫的墓碑，他抬腿就踢。这时，从一棵树后跳出来一条跛腿黑狗，死死咬住敌人的一条腿，鬼子兵先是吓得嗷嗷直叫，后来忽然想到了什么，便把黑狗踹开，一连向它开了几枪……

我们把这条忠实的黑狗，埋葬在光荣的机枪手拉菲科夫墓边的那棵大树下，让它永远陪伴着自己亲爱的主人。

警犬拉车

有一天，我们医院运来了一条受伤的狗，毛茸茸的黑灰色皮毛，像高加索警犬，它的名字叫"拉兹里瓦"。

我们从它身上取出弹片，它的伤口开始慢慢愈合。狗的伤口一般都好得比较快。

过了两个星期，这条狗已经完全康复的时候，它的主人来了。这是一个壮实的中年人，高颧骨的大脸盘剃得亮晃晃的。他向我们打招呼的时候，行了一个军礼，再作自我介绍："上等兵特卡丘克，主任卫生员。在一次护送伤员途中，三条狗被地雷炸死，我和拉兹里瓦得以幸存……"

他说得轻松自如，一点儿也不紧张。但声音很有力，是洪亮的男低音。"瞧他跟唱歌似的……"我心中暗想。他左手缠上了绷带，用绳子吊着。宽胸的左边，一枚崭新的战功奖章银光闪闪。

"我在卫生营服役，"上等兵继续说，"负责照看初愈的病人。上级曾经想让我撤退，但我要求留下来。我们师对我来说，就是我的家。"

我们解开拉兹里瓦的绳子。它走到主人跟前，用嘴脸碰碰主人的膝盖，没有摇尾巴。

"你的拉兹里瓦真厉害……"我说。

"它就是这种性格，"特卡丘克解释说，"它不爱吱声，也不会给主人添麻烦。我想把它带走，可以吗？"

"当然可以。不过，这条狗对你有什么用呢？"

"我在村子里给它找了几个帮手，重新组织一群狗拉套，让拉兹里瓦打头。它有经验，受过专门训练，它又闻过火药味……"

特卡丘克和我告别时，担心地说："春天使我感到头疼……积雪很快就要开始融化，我又没有大车。用没有轮子的拖板拉东西，非常吃力。"

阳光已经像春天般暖和，积雪开始下塌。一个个高地更清晰地显现出来。峡谷里都是雪水。

"你到我们医院来吧，"我客气地说，"我们这里有个打铁车间，铁匠师傅不错。说不定我们还能帮你制作些什么……"

"好的，我向卫生营长报告一声，批准以后一定来。"

我们医院设在国有农场，离卫生营有 2 公里远。工人们都疏散到东方去了，我们成了农场的主人。马厩和牛棚里都是些受了伤的牲口，打铁车间用来钉马掌和修理大车。焦明是我们的铁匠师傅，钉马掌、修大车、修钟表，他什么活儿都干。这样的能人在群众中有的是。

几天后，特卡丘克果真来到医院，我带他去见了铁匠师傅焦明。

"我需要做一辆小车，"特卡丘克说，"最好是带滚珠的，狗拉起来轻松一些。"

"这我还不知道该怎么做，"焦明回答说，"带滚珠轴承的小车，我没有做过，我们得先考虑一下。"

焦明不爱多说话，从不轻易许诺，但答应了的事情就一定说到做到，无论干什么活儿都保质保量。

离我们不远的一个村子里，驻扎着一个汽车连。很凑巧，特卡丘克来的这一天，焦明正好去过汽车连，还带回来一些滚珠轴承。

"这是司机从废弃的汽车上卸下来给我的，我们可以试试，看能不能配在小车上……"

我们动手干了起来。这是四月天气，风和日丽，积雪开始融化，泥土潮湿发黏，冰凉冰凉的，却在阳光的照耀下冒着水汽。有的地方还长出了一片片碧绿的青草。布满战壕和弹坑的大地，在耐心地等着勤劳的主人早日归来。

焦明和特卡丘克在院子的打铁车间旁边忙碌着，他们在制造一辆小车。特卡丘克把一只手放在眼睛上挡住强烈的阳光，叹了口气说："哎呀，多么好的天气啊！要是能去地里干活儿该有多好！可惜，现在全部精力都投入了战争。"

他把袖子卷到了胳膊肘，露出黝黑的皮肤和粗浓的汗毛。这强劲有力的双手，好像是用橡树雕刻出来的。浅黄色头发、蓝色眼睛的焦明，站在身体壮实的特卡丘克面前，就像是一个纤细、脆弱的孩子。尽管两个人的年龄相差很大，但特卡丘克还是听从焦明的指点，乐意当他的助手。有时两人还轻声唱起歌来："美好的大海，神圣的贝加尔湖……"

特卡丘克的声音浑浊，焦明那男高音像是一条细长的丝带围绕着男低音回旋。我喜欢听他们唱歌，我请他们唱大声些，放开嗓门唱。特卡丘克回答说："不行，一旦暴露了目标，敌人听了就……"

他这是在开玩笑，我们离前沿阵地有 15 公里。不过他说的也不无道理，因为他的嗓门确实是比一般人要洪亮得多。

几天之内，他们终于制作出了一辆小车，这个带车轮的担架式的"装置"，还真配了滚珠轴承。车架上固定放着救护担架，不费劲就能迅速取下来抬伤员。这辆小车十分轻便，特卡丘克也很满意，向我告别时一再表示感谢。

"焦明的那双手真是太巧了，可得让他好好活着！这种人在生产上真是宝贝！"他沉默一会儿又说，"我有一个像焦明这样的儿子，他叫谢尔盖，在列宁格勒[1] 城郊的什么地方，已经好久没有给我写信了……"

特卡丘克的脸上露出了忧郁的神情，他缓缓低下了头。

---

[1] 列宁格勒，现称圣彼德堡，是俄罗斯第二大城市。——编者注

卫生员特卡丘克把车子推回了卫生营。后来，我就看见他常忙着赶车。车上套着两对毛色不同的狗：右前方是灰色的拉兹里瓦，它的身旁是火红皮毛的巴尔西克，承担主力拉套的是毛茸茸的黑狗茹乔克和白色的波比克。这后三条狗是新找来的普通看家狗，它们个头矮小，身躯长，肌肉强健，正适合拉车。看来，特卡丘克的眼力不错，身躯高大的拉兹里瓦在这三条狗中间真像一头狮子。四条狗的尾巴翘得都不一样：拉兹里瓦的尾巴垂直奔拉着，茹乔克和波比克的尾巴弯得像把镰刀，巴尔西克把尾巴卷成了面包圈。

　　车辕上的缆绳拉向前方，绳子上系着四条狗，它们的胸部都戴着狗套。

　　有一次，特卡丘克正在给狗套车，巴尔西克开始咆哮起来，把后颈的毛也竖得直直的。它身后的茹乔克抿着耳朵也跟着吼叫起来。这两条狗眼看就要打架。特卡丘克大喝一声：“你要干吗，巴尔西克！这可不行！”

　　他朝这个凶恶的肇事者背上抽了几鞭子，巴尔西克尖叫几声后才安静下来。“前进！”的口令一下达，拉兹里瓦拉起套索就开步走了，其余的狗也紧跟在它的后面。

巴尔西克回头看看，又对着茹乔克吼叫，而且放慢了脚步。它大概感到后面的茹乔克会攻击它。茹乔克也不甘示弱，立即吠叫起来，这就惹恼了巴尔西克。特卡丘克喝道："拉兹里瓦，扑上去！茹乔克，你安静下来！"

拉兹里瓦用牙咬住巴尔西克的脖子收拾了它一顿，同时也没有减慢自己前进的速度。巴尔西克号叫起来，似乎是在请求饶恕，然后夹紧尾巴乖乖地继续朝前走。

特卡丘克和拉套的几条狗并排行进，他用声音和手势操纵它们。只有拉兹里瓦能听懂他的口令，其余三条狗望着打头的拉兹里瓦，跟着学。有时卫生员点名吆喝："波比克！波比克！"

"这条狗是十足的懒家伙，还十分滑头。"特卡丘克对我说，"它不离开拉车的套索，也不拉紧套在自己身上的系绳。总要吆喝几声，它才肯使点儿劲。"

在这套车前面不远的地方，有一个手持自动步枪的战士在行走。他停下来，突然嗒嗒嗒扫射了一梭子弹，几条狗吓得哀号起来，到处乱窜。特卡丘克吆喝一声："站住！"

拉兹里瓦停下脚步，套车刹住了。巴尔西克和波比克望着领头的拉兹里瓦也跟着停下来紧紧靠住它。茹乔克却钻进小车，把头藏到车底下，两只眼睛闭得紧紧的。它现在没有危险了！特卡丘克走近拉车套绳轻声说："安静！安静！"

他抚摸着紧靠在一起的三条狗的背脊，给每条狗吃一片肉，这才对茹乔克嚷道："喂，瞧你这个英雄，快爬出来！"

茹乔克只好不情愿地爬出来，朝主人的手探过身去要肉吃。特卡丘克把手放到背后："你这条只会干叫的狗，是个胆小鬼。不给你肉吃，到原地去！"

四条狗都各就各位。同志们站在不远的地方取笑特卡丘克说："你怎么竟和这些杂种狗打起交道来了？这些普普通通的狗，只会咬架，胆小如鼠！"

"一支狗队，成不了气候……"

特卡丘克对这种玩笑不予理会："你们等着瞧吧！"

后来，特卡丘克教会了它们应声卧倒。只要他一喊"卧倒，卧倒！"拉兹里瓦就会即刻躺下，其余几条狗听不懂口令，就痴呆呆地站着。特卡丘克用右手抓住一条狗的前腿，按在地面上拉直，用左手轻轻按住狗背说：

"卧倒，卧倒……"

三条狗终于躺下来了。训练之后，特卡丘克给狗卸了套，赶进用枝条围成的牲口圈，把它们的食盆盛满汤，再加上一小片一小片的炖马肉。狗扑过去，狼吞虎咽地吃起来，同时发出低低的唔唔声。特卡丘克得意地笑笑，自言自语："不要紧，它们既然能习惯在一个食盆里吃东西，就一定会协调一致地合作拉车。"

战士们站在牲口圈旁边兴致勃勃地议论开了："牲口自动车！特卡丘克，你真是我们这里的马戏驯犬员。"

"这里不是你们演马戏的地方，炮声一响，这支四条腿的队伍就会四散奔逃。"

"……"

特卡丘克对自己训练的这条狗充满信心。不久，他调到团部，两天之后，我听说他还立了战功。

特卡丘克分在第三连，那里没有主任卫生员。这个防守连驻扎在战壕里。战士们为伤员挖了一个土窑，有交通沟从那里通向主战壕。担架卫生员沿着战壕和交通沟把伤员运到土窑，再从那里送到营卫生所。地形是开阔的，敌人就蹲在指挥高地，只能在夜间撤离伤员。

特卡丘克带领着四条腿的队伍也在夜间来连队报到之后，立即动手在战壕里给每条狗挖了一个坑。它们钻进去就像蹲在窝里似的，可以躲避敌人的子弹。特卡丘克这才歇下来，蜷曲着身子休息。天亮后，他就开始观察地势：一会儿从战壕里向外瞧瞧敌人的后方，一会儿又朝敌人阵地望去。卫生教导员维尔科夫准尉走近他身边，严肃地警告他说："上等兵同志，你为什么向外探头？小心被伤着。"

　　"准尉同志，我在察看地形，了解一下撤退的路线和敌人的火力网。"

　　"真有你的，还看什么火力网……"准尉冷笑道，"大白天不能随便向外探头张望，万一碰上炮弹，你那些拉套的狗就没命啦。"

　　维尔科夫准尉是一个有经验的卫生教导员，却瞧不起用狗拉套的小车。他甚至对连长说："为什么专给我们连派些狗来？一股狗毛气味，再加上狗吠声，极容易暴露目标。没有这些狗，我们不是也过来了吗……"

　　连长季霍米诺夫大尉搪塞他说："让它们试试看吧，说不定还真能派得上用场呢！"

中午十二点，一个勤务兵跑到主任卫生员跟前，担心地对他轻声说："上等兵特卡丘克同志，请你去土窑找一下准尉，快！"

特卡丘克哈着腰，沿着战壕跑去。土窑的担架上躺着季霍米诺夫大尉，他脸色苍白，鼻子也变尖了，呼吸困难，喉咙里发出咝咝声响，双目紧闭着。他的军便服上血迹斑斑，胸部裹上了绷带。

副连长科斯特林上尉对特卡丘克说："上等兵同志，大尉伤势严重，子弹击中胸部，必须立即动手术。你能不能用牲口自动车送他去卫生排？"

"试试看吧，"特卡丘克回答后想了一会儿，接着又说，"白天要躲过敌人的视线，不容易……"

上尉猜出了特卡丘克的疑虑："你不必担心，我们的机枪手和炮兵团用火力掩护你。我已经在电话里和营长谈妥了。"

正是吃午饭的时刻，敌人停止了炮击。特卡丘克暗想："这正好。趁敌人吃饭的时间，也许能越过他们的封锁线。"

维尔科夫准尉用懊丧的目光看着这几条狗说："唉，

毛色这么花……准得暴露目标。"

"准尉同志，你别担心，我把它们伪装起来。"特卡丘克说。

在架子车框后面系着一个口袋，是工兵放铁锹、斧头、粗帆布桶用的。特卡丘克从口袋里取出几件伪装衣，分别给几条狗披上。它们立即全都变成了灰不灰绿不绿的，和地面的颜色很相近。特卡丘克自己也套上了一件同样颜色的大褂子。

维尔科夫准尉这才满意地说："我明白了，这倒是个好办法。"

准尉发现上等兵背着两个包：挂在右肩上的是一个卫生包，左肩上还有一个别的包。

"上等兵同志，这是什么包？多余的负担，你把它取下来。"

"不能取下来，准尉同志。这里面装的是各种器械和备用品——小刀、锥子、麻线、皮带等。要不然路上发生意外怎么办？"

"那好吧，你动作迅速一些。"

大家把大尉抬上架子车，头朝前，身上盖着被子，还用绳子绑住他并系在车框上，防止他摔下来。因为没有现成的好路可走，途中架子车会颠簸得很厉害。

维尔科夫准尉从战壕里眺望，同时用手势对卫生员示意说："你按照那些方向前进……瞧，那是一片丛林、秸秆捆、水沟，它们都是用绷带条标志出来的。半途中有个弹坑里有卫生员守候。一旦有情况，他会帮助你的。好，出发吧！"

特卡丘克先爬出战壕。穿了伪装衣服爬起来比较困难，背着两个包也很碍事，再加上还有防毒面具和自动枪。很明显，带着这些沉甸甸的物品是爬不快的，好不容易爬出了五十多米，幸好没有被敌人发现，一切还算顺利。

特卡丘克掉过头，吹了一声口哨。战士们把躺有伤员的小车抬起来送到战壕口，几条狗直奔主人而去。这时，响起了阵阵机枪声，这是我们的机枪手在转移敌人的目标。

几条狗拉着车跑到了主人跟前，特卡丘克的身子仍没有离开地面。他手一挥，压低嗓门嚷道："前进！"狗应声挨在主人身边快跑了起来。这时特卡丘克才站起来，弯着腰，跟在车子后面跑。

德国瞭望兵大概发现了特卡丘克和他的小车，一颗炮弹飞来，在特卡丘克右边轰隆一声爆炸了。接着左边又爆炸了第二颗炮弹。"敌人在夹攻。"特卡丘克心中暗想。

他发现前方有一小堆灰乎乎的东西，上面显示出一条绷带，这是路标，表明那儿附近有掩护沟。特卡丘克指挥几条狗朝目标赶去。到了那里他一跳进沟立即让几条狗全都卧倒。狗听从命令都趴了下来，甚至还把头塞进泥土堆里。除了拉兹里瓦，其余几条狗都在发抖。波比克时不时神经质地尖叫。"安静！"特卡丘克嚷了一声，波比克才镇静下来。

特卡丘克直气喘吁吁，心跳加速，脑袋嗡嗡作响。

这堆灰乎乎的东西原是去年留下的一捆捆秸秆。特卡丘克一边爬过去，一边向狗发出命令："爬行……爬行……"狗跟随在主人身后爬行着，随着将小车也慢慢带动了起来。在秸秆附近，它们靠近了主人。秸秆已变成了褐色，散发着霉味。"人们还没来得及收拾……"特卡丘克的心里感到很不好受。

受伤的大尉低沉地呻吟起来，但还没有完全恢复知觉。"我们在这里隐蔽还比较安全,"特卡丘克心中暗想,"但这儿不能久留,否则将会遭到敌人的袭击……"

德国瞭望兵大概已经看不见特卡丘克和他的小车了,炮弹只在前方的远处爆炸。我们的炮兵开火了,德国兵阵地上烟雾弥漫。这是大好时机!应该尽快跑到那片谷地去,那儿可以让小车躲开敌人的视线。特卡丘克趴在地上命令:"站起来,前进!"拉兹里瓦第一个站起来在前面打头。

小车离开秋秸捆五十来米的时候,有颗炮弹突然在小车跟前爆炸。几条狗赶忙朝后退,围着小车乱成一团。巴尔西克鼻子触地侧着身子栽倒了。波比克尖声尖气地狂吠。特卡丘克跑到小车前,发现巴尔西克已经被炸死,便用刀子割断了系在它身上的绳套,然后下令:"拉兹里瓦,前进!"

三条狗拉着小车沿着斜坡朝一片谷地跑去。波比克的腿有点儿瘸,却没有掉队。季霍米诺夫大尉在昏迷中喃喃絮语:"你们去哪里?你们往哪里去啊……不能后退!前,前进……"从大尉这些话语中,狗只明白"前进"这两个字,于是它们也就加快了步伐。特卡丘克跟在后面跑。又一颗炸弹在他身后爆炸了，他的右腿像是被斧头砍了一下似的。

主任卫生员试图继续朝前跑，右腿却使不上劲，一股发黏的热流顺着大腿流下来，他头脑发晕，感到浑身乏力。这时，小车也从他的视野里消失了……

后来，他强打精神稍稍抬起身子向前望望，小车仍在向谷地前进。几条狗回过头来，没有瞧见主人，渐渐地减慢了速度。这是危急关头，它们不能停下来，特卡丘克用尽全身力气呼喊："前进！拉兹里瓦，前进！"

敌人已经瞄准了小车，前后左右都有炮弹爆炸。

"向右……向左！前进！"特卡丘克仍在给几条狗指引方向。

按照他的命令，小车在迂回曲折地行进。这样，敌人就难以瞄准目标了。"只要小车不受到袭击就行了……"特卡丘克脑子里闪过这个念头。他只盯住自己的这架小车，对周围的一切就全都顾不上了，在离他不远的一个炮弹坑里，蹲着一个卫生员。他望见了特卡丘克，就高声喊道："同志，同志！往这儿爬呀！太危险了……"

特卡丘克似乎没有听见有人在呼唤他。几条狗从斜坡钻进了谷地，完全消失了。

小车刚刚驶过，又爆炸了一颗炸弹，那儿立即升起一团浓烟。特卡丘克沉重地呻吟了几声，便昏迷过去了。他已经感觉不到，卫生员如何爬着来到他的身边，把他背起来又爬回了作掩体的弹坑，为他止住血，包扎好伤口。特卡丘克好像在梦境中听见说话声："同志，你怎么啦？你醒醒，你的那几条狗可真是好样的，它们可能已经穿过火力网了……"

就在这一天，战士们把受伤的拉兹里瓦和波比克也送到了我们医院。把它们身上的弹片取出来之后，我就去卫生营看望特卡丘克。

他已经做完了手术，正躺在帐篷里的担架上。这里还有别的伤员，他们都要转移到后方去。特卡丘克受了重伤，大腿开放性骨折。他脸色苍白，额头上沁出的颗颗汗珠，粘住了一绺白发。我发现他突然变老了许多。

我宽慰他说："不要紧的，特卡丘克，你很快就会恢复健康的。你那几个四条腿的助手也会活下来的，它们的伤势并不重。"

特卡丘克的呼吸加快，他断断续续地说："我什么都经受得住……只是别把我送走……我，我不想离开自己的连队……请你多关照一下拉兹里瓦，它很有用……"

这时，一位外科医生走进帐篷："特卡丘克，你别多说话。要好好安静休养。"

"我做不到，医生……大尉还有救吗？"

"很好，他得救了，他还问起你呢。他很感激你。"

特卡丘克听了，无力地露出了笑容。

"你到了战地医院，将会见到他的。"医生说，"他已经在那儿等你了。"

特卡丘克和我告别时说："请你转达我对焦明的谢意。他很能干，像我的儿子谢寥沙……"

活宝贝——"德国马"

　　青年战士西多连科夫，遇到了一连串不顺心的事。这个故事就是这么开始的。

　　他先是受了重伤，然后是他再也不能回步兵连了，在医院里，他是多么思念自己连队里的老战友们啊。到后来，他又被派去运输连侍弄马车。要知道他是在城市里长大的，从来没有和牲口打过交道。在步兵连他是优秀射手，可是这一下让他去喂马、赶车，只能跟在大部队的屁股后面搞搞运输，听不到枪声、闻不到火药味，在运输连，他的伙伴都是些上了年岁的农民，跟他们在一起又有什么话可说……

　　生活真会故意捉弄人，给这位年轻车夫又配备了两匹古怪的马：一匹矮个头灰毛蒙古母马，一匹棕红色母马。棕红色母马身躯高大，像四轮大车似的，是不久前从敌人那里缴获过来的。这匹高头大马的体形很不匀称：

塌腰、细长脖子，大脑袋上耷拉着两只小耳朵。西多连科夫总觉得这个马脑袋很像是装过马合烟[1]的箱子。它的腿像水牛一般结实有力，腿上毛茸茸的像是穿上了喇叭裤。这副模样和那匹长得比较匀称的蒙古马拴在一起根本就不般配。再说"丑八怪"（这是西多连科夫给它取的外号）又是个俘虏，西多连科夫打心眼里就不愿意管它——凡是敌人的东西他都讨厌，连德国鬼子的灰色大衣他也感到恶心，像癞蛤蟆似的。

西多连科夫第一次给棕红马套车的时候，就朝它挥拳头，生气地嚷道："喂，你这个家伙，动作麻利点儿！"

马吓得将摇晃的脑袋举得高高的，以至于给它的脖子戴挽具时根本够不着，西多连科夫只好爬到大车上面去。同志们取笑他说："西多连科夫，你可以上树、爬屋顶啦！"

西多连科夫一边费劲地给马脖子戴挽具，一边气冲冲地唠叨："鬼东西，站好！别乱动……你听不懂人话？你早晚会把全连都给暴露的……你一旦被敌机发现，我们也得挨炸弹……"

---

[1] 马合烟，又称莫合烟。以植物"黄花烟草"制作的香烟。——编者注

西多连科夫负责大车勤务，任务特别繁重，于是他就在无辜的牲口头上撒气。

车队老战士的慢性子和磨蹭劲也使他生气，他忘不了步兵连的年轻战友。这些他都没有告诉过别人，自己年纪轻轻就被调来侍弄马匹，这使他在战友们面前感到羞愧。为了让自己的言行举止像一个辎重兵[1]，他甚至留起了胡须，走起路来慢腾腾、一摇一摆的，说话时不但音调低沉，还不时故意咳嗽几声……但是，这些都帮不了他的忙。车队的战士还是认为他干这一行不合适，而那匹棕红马也不该交给他驯养。

这匹马受到主人的粗暴对待，表面上驯服了，实际上却故意耍弄主人：有时在全连奔跑途中无缘无故地突然停步不前，要不就瞎跑一气，连套索都飞了起来。

"讨厌的牲口，你等着瞧吧，"西多连科夫咬牙切齿地骂道，"我非把你打得半死不可！"

牲口稍有懈怠，他就用鞭子狠狠抽打。同志们看他做得太过分了，便数落他说："你干吗跟这不会说话的牲

---

[1] 辎重兵，行军时负责运输、押送军械、粮草、被服等物资的士兵，又称交通兵。——编者注

口过不去啊？马成天干活儿，还要挨你的鞭子！你这么干是得不到连长的夸奖的……"

"别再这么教训人、吓唬人啦，我知道该怎么对待牲口，再说我也被吓坏了……"

的确，大家发现西多连科夫对牲口不再随便抽打了，牲口也开始驯服地拉车。

1943年夏天，雨下得很勤。库尔斯克州的乡间土路泥泞难行，马车没法儿运输物资，它一旦陷进泥土，还得动用拖拉机。这时，大家给西多连科夫的马上帮套时，棕红马就乖乖地把头低垂到地面，依仗它那水牛般的腿支撑着身躯。人们再给它说些顺耳的话："好啦，亲爱的，使点儿劲……"牲口就更能配合了。但如果动鞭子，它就会不听从使唤。可见，畜生也是愿意听好话的。

"瞧，你的马多么好啊！"战友们对西多连科夫说，"根本不需要牵引车帮忙。"

"它脾气犟着哩，"西多连科夫说，"它要是愿意干，力气大得能移山，不乐意时，就是打死它也不肯好好干。"

"那你就应该对它亲热一些。"

"它算什么，又不是我的未婚妻，我干吗要对它亲热？"西多连科夫也很固执。如果他对什么感到厌烦，你就休想说服他。

但是，一件意外的事情不但改变了他的固执劲，而且使他很尴尬。

我们团攻克了克利莫夫城之后，运输连在契尔努什卡村镇宿营。西多连科夫行进在村子的街道上。他发现这匹"德国马"却拉着系绳朝一个大门歪斜的庭院走去。这院子看来不错，房子也过得去。于是西多连科夫就顺着任性的马朝前走。"也许它闻到了三叶草的香味，"西多连科夫心里想，"瞧这滑头的牲畜……"

来到大门口，他兴致勃勃地喊道："喂，女主人！请开门接待'贵宾'呀！"

这时，马突然兴奋地大声嘶叫起来，像是回到了自己的家。

院子里有木门闩响动的声音，接着大门就敞开了。一个 10 岁左右的男孩子光脚站在门口。他一看见棕红马，就惊奇得发愣。过了一会儿，他突然又淘气似的蹦跳着尖声嚷道："妈——妈！我们的活宝贝回来了！"

小男孩跑到棕红马跟前，马也轻声嘶叫着，把自己

笨重的脑袋向男孩低垂过去。男孩抱住马的嘴脸，让它紧紧地贴住自己的面颊，还亲亲它那颤悠悠、软绵绵的鼻孔："我可爱的宝贝！亲爱的，你可回来了！"

西多连科夫有些莫名其妙，他生气地说："小家伙，让开路，要不然它会把你踩死的。你的什么宝贝？这是一匹德国马。"他说完就扬起了缰绳。

小男孩飞也似的跑进屋去，又很快跑了出来，边跑边嚷嚷："对，就是它！它就是我家的活宝贝。"

一位中年妇女跟在小男孩后面出来了，她脸色苍白，显得疲惫不堪。

"你好，我们的军人！"她激动又殷勤地打招呼，用围裙擦着双手朝大车走来，"我们可盼望你们好久了……谢谢你们……把我们从法西斯的魔爪中解放出来。哎呀，这就是我们家的马，你们是在什么地方找到它的呀？那帮魔鬼，春天就把我们家的这匹马抢走了……早在1941年，红军战士就将这匹马留给了我们。当时，它受了伤，身体瘦弱，后来，是我们把它调养好的呀！"

这个妇女把擦干净的手伸向西多连科夫。他惊奇得说不出话来，只是默默地、不知所措地握住女主人的手，从大车上跳下来。

"我正忙着收拾屋子，"女主人接着说，"这两年来就是没有心思收拾。现在，我想自己的人该来了，必须打扫干净。早晨，先头部队经过我们村，现在你们也来了……谢谢你们……"

她走到棕红马跟前，抚摸着它的脖子，亲昵地说："你太漂亮了，我们的宝贝，瞧你瘦得这个样子……"说完，她把脸转向西多连科夫，和蔼可亲地邀请他进屋："您快把马卸下来进屋去吧，我已经把茶准备好了。您让马去棚子里吃草，那还是一头母牛剩下来的。这最后一头母牛是昨天被打死的。法西斯分子撤退的时候，把村子里所有的牛都给枪杀了。"

西多连科夫低下头，慢腾腾地卸马。他感到羞愧，不好意思再看那个男孩。男孩却在他身边转来转去，还一个劲地问这问那："红军叔叔，这匹马你们是在哪里从德国鬼子手里夺过来的呀？你们什么时候能把它留给我们？你们要在这里待多久……"

"小鬼，你先不要忙着问这问那的，等我卸完马再告诉你……"

工兵驯养的狗

夜色灰蒙蒙的，天空群星闪烁，地上雪花飞扬，发出沙沙的声响。

两个驯养狗的工兵——中士彼图霍夫和列兵切尔卡索夫傍晚接受了战斗任务，准备去敌人的前沿阵地探明地雷区，扫除地雷，为营部发起进攻打开一条安全通道。

彼图霍夫和切尔卡索夫穿着带风帽的伪装服，行动笨拙而不灵便，尤其是切尔卡索夫，他本来个子就不高，身体倒挺结实，这下，就变得更加臃肿了。他们给几条灰狗也套上了白色披肩。特立弗这条狗戴着披肩还比较安静，敏感的普里克却抖动了几次，企图把披肩甩掉。但它感觉到披肩拴得很紧，不能轻易甩掉，再加上主人切尔卡索夫厉声喝道："不行！普里克，呸！"这时它才安静下来。

"切尔卡索夫，你得好好照看这条狗，"彼图霍夫临行时对自己的部下说，"要不然它会耍性子的……"

"中士同志，这条狗勤快、灵敏。"

"切尔卡索夫，勤快，灵敏，再加上自制力，就更好了。"

彼图霍夫左手拉着拴狗的绳子，右手拿着探路器——一根顶端有尖铁轴的长棍。他爬出战壕，踏上滑雪板。切尔卡索夫跟在他身后。

他们出发了。彼图霍夫走在前面，切尔卡索夫离他有七八步远。没有滑雪板，行进是困难的，但有滑雪板也碍事，有时还很危险，因为它一扎进雪地里，就有可能触及地雷。敌人往往把地雷埋在意想不到的地方。他们撤退时在田野里和道路上布下的反坦克地雷都用树皮伪装得十分隐蔽，而且在这些地雷之间还有对付步兵的带导线的小地雷。这些地雷一触即炸，只有靠探路器和搜索犬灵敏的嗅觉才能发现。

地面的积雪被风吹起，在田野上飞旋，在树丛间翻卷，四周都是白茫茫的一片。

铺满积雪的田野上和被敌人占据着的缓坡高地寂静无声，敌人到底是入睡了，还是已经撤离？

探照灯的光束突然在白茫茫的田野上出现，照亮了灰蒙蒙的丛林，紧接着是嗒嗒嗒的机枪声。"卧倒！"彼图霍夫和切尔卡索夫几乎同时低声说，说完就趴在雪地上一动不动了。特列弗这条狗贴着地面趴下，普里克哆哆嗦嗦地紧靠着主人切尔卡索夫。机关枪停止了扫射，探照灯的光束也突然消失了。"敌人也害怕，是在无目标地探查……"彼图霍夫心里暗想，"他们自己也心虚，我们对他们这一套太熟悉了……"

两人取下滑雪板，把它们埋进丛林边的雪地里，然后再匍匐前进。真吃力，动不动就陷进雪坑里，不过这也是个很好的掩护。他们穿着短皮袄，背着背囊、自动枪、防毒面具、铁锹。这些东西越背越沉，爬行很不方便。爬行没多久，他们就出汗了。在地面上飘飞的雪花直朝他们的眼睛扑来。

"特列弗，朝前走！普里克，搜索！"他们不时低声地向两条狗下达命令。两条狗拉紧绳索前进，同时不停地朝雪地嗅。勤快、急躁的普里克用鼻子接触雪地，发出呼哧呼哧的声音，时不时还打个喷嚏。"普里克，安静！唉！"切尔卡索夫生气地低声呵斥着。

突然，特列弗蹲在丛林边的雪上，用富有表情的神态望着自己的主人，似乎在说："我找到了。"彼图霍夫用探路器轻轻扎入雪地，觉得像是触到了一个东西。地雷！彼图霍夫取下手套，两只手插入雪地，小心翼翼地慢慢搜寻。果真是一个木壳地雷！在它附近和下面还有没有拉发地雷的导线？好像没有。手上的雪在融化，感到一阵寒冷。他戴上手套，用铁锹小心地挖出一个匣子。好家伙，死沉死沉的，里面似乎装了铁钉。彼图霍夫抱起匣子朝左边爬过去，然后把匣子竖着放在地上，以便看得更清楚些。他吸了一口气，用袖口擦擦脸上的汗珠。嗨，凡事开头难啊！地雷区终于找到了。现在的任务就更艰巨了……切尔卡索夫在右边也发现了地雷。他在雪地上忙碌，普里克在主人身边转来转去，帮助主人挖地雷。这家伙在帮倒忙！说不定什么时候就会突然发生意外。必须敲打敲打它的爪子，不许它乱动，但切尔卡索夫对这狗太溺爱了……

在离敌人不远的高空，有一架波-20轻型夜袭低空教练机，战士们称它为"玉米机"。很快就听见了接二连三的爆炸声。这是我们的飞行员朝敌人巢穴扔炸弹。普里克战栗着哀号起来。"吓！"切尔卡索夫低声喝道。它便紧紧贴近主人身边，这才安静下来。高射炮响起来了，像是有人在空中咔嚓咔嚓划火柴似的。这是敌人发射的曳光弹。探照灯的光束在天空晃来晃去地寻找目标。不过我们的"玉米机"已经低飞着返回营地了。"飞走了，"彼图霍夫高兴地说，"不让敌人安宁，同时转移他们的视线以掩护我们……好样的！"

又是一片寂静，四周毫无声响，敌人也都安静下来，他们可以继续工作了。彼图霍夫和切尔卡索夫擦干净发僵的双手，戴上了皮手套。两只手顿时感到特别温暖和舒服。要是总这么戴着手套该有多好，不行！必须抓紧时间完成任务，以便拂晓前能回到营地。于是，他们又立即轻声向狗发出命令："搜寻！搜寻！"狗拉紧系绳继续前进，同时不断地嗅着雪地。

他们一共花了多少时间搜寻，两三个小时或者是四五个小时，很难估计。他们只感到心脏的跳动在加快，被汗水浸透的衬衫紧贴在背上，手却冻僵了，指头硬得难以伸曲。打开通道的任务终于完成了。被挖出来的木壳地雷摆在通道两旁，像路标似的指示出安全路线，而且都快通到敌人的巢穴了。现在得赶快离开此地,往回爬一段路程才能喘一口气,要不然两条狗也都会累坏的。必须让它们歇歇腿,可别冻坏了爪子。

"中士同志,你一共驯养过多少条狗?"切尔卡索夫低声问道。

"十二条。"

"我驯养过十三条。普里克是其中最好的一条狗。咱们可以站起来了吗,中士同志?"

"不行,切尔卡索夫。必须爬到放滑雪板的地方才行。"

彼图霍夫知道,如果他们被敌人发现,那么拂晓前敌人又会在通道上重新布上地雷。

他们爬呀爬呀,却一直没有看见滑雪板。真奇怪!被飘飞的雪遮掩住了?还是走偏方向了?

"切尔卡索夫,你朝前走,细心察看一下。"

战士爬起来,抖掉身上的积雪,快步前去,雪地上留下了两行深深的脚印。普里克跟在他身后,有几步路的距离。突然,普里克挣脱主人手里的系绳,跑到了一边。它用鼻子拱拱雪地,两只前爪跟着也忙了起来。

"普里克,后退!"切尔卡索夫低声喝道。

话音刚落就听到轰隆一声爆炸，普里克倒下了。好像有人朝切尔卡索夫的脸上扔来一些玻璃碎片。他用手捂着脸伏在地上。敌人的机关枪打响了，子弹在头上飞啸。我们的部队也给予还击，追击炮弹轰隆隆爆炸，很像圆铁桶被敲击的声响。炮弹也落在附近的雪地上开了花，掀起阵阵尘土。彼图霍夫深深地哼了一声栽倒在雪地上。特列弗一瘸一瘸地围着主人打转。

　　切尔卡索夫觉得自己受了伤，两眼发黑。他用袖口擦掉脸上的血迹，他明白过来自己还看得见，也还能移动。他爬到直挺挺躺着的彼图霍夫身边，拉拉他的衣袖，轻声问道："中士同志，你挂彩啦？中士同志？"

　　彼图霍夫没有回答。切尔卡索夫稍稍抬起他的头，看看他的脸部。彼图霍夫微微动了动嘴唇说："切尔卡索夫，爬，快爬离这里，要不然会被打死……"

　　"特列弗，前进，搜寻！"切尔卡索夫命令道。

　　狗跛着脚，一边嗅雪地，一边朝自己的战壕方向走去。切尔卡索夫吃力地把彼图霍夫扶起来，挪到自己的背上，背着他继续匍匐行进。中士的身躯沉甸甸地压在他的身上。密集的炮火轰鸣声突然停息，就跟它响起来时一样迅忽。

　　我们的瞭望哨兵听见离自己战壕一百来米的地方响起爆炸声，猜想可能是派出去的工兵出事了。两位身穿白色伪装服的战士爬出战壕，朝爆炸地点爬去。切尔卡索夫背着彼图霍夫爬呀爬呀，最后实在疲惫不堪爬不动了，只好躺在雪地上，他从战友身躯下爬出来的力气都没有了，血和汗水模糊了他的视线。

　　黎明，部队发起进攻。营部的战士拥上通道，安全地通过了雷区。

　　这是一个带有赛璐珞小窗口的帆布帐篷，它像一座玩具小屋。帐篷中央，正烧着的火炉旁边有一张高高的简易木质手术台。彼图霍夫在上面躺着，一双光脚耷拉在手术台边。手术台前站着卫生营外科主治医生伏龙左夫。瘦削的他脸色苍白，显得十分疲乏。袖子卷到胳膊肘，戴着一双略带黄色的手套。诊断的结果是大腿开放性、粉碎性骨折，还有可能感染……尽管手术前注射了局部麻醉剂，但彼图霍夫仍感到疼痛而常常发出低沉的呼唤："轻，轻一点儿，大夫！"

在他消瘦的脸上沁出了一粒粒的汗珠。

年轻的黑眼睛护士站在伤员的床头，不时用纱布给彼图霍夫擦掉脸上的汗珠，安慰他说："中士同志，忍着点儿。一定得找出弹片，得把它们全部取出来。"

火炉散发出热气。彼图霍夫觉得自己的一条腿上也有一个什么东西火辣辣的，好像在燃烧，而且疼痛在加剧。

"要锯掉我的一条腿吗？"这个想法使彼图霍夫越来越难受，"那我还能干什么？"这种忧虑深深地刺激着他，甚至不亚于肉体的剧烈疼痛。

"大夫，您不会把我的腿截掉吧？"彼图霍夫胆怯地低声问道。

"暂时还不会。转到别处去，那时就难说了。"

"谢谢，大夫！"

"现在对我们说谢谢，还为时过早。我们要把你转到军医院，到了那里才能做最后决定。"

医生处理完伤口，包扎好之后大声说："夹板！"

彼图霍夫心想："眼下既然没有把我的腿锯掉，再去别的医院，可能问题就不大了。"

切尔卡索夫作为轻伤员留在师部卫生院治疗，他的脸上包扎着纱布，只露出两只眼睛，像两个明亮的小孔。他在和彼图霍夫告别时说："中士同志，别着急！他们会把你的腿治好的。"

"我也这么想，切尔卡索夫，别了！"

"瞧你的，怎么说'别了'呢？中士同志，我们还会在一起战斗的。现在我将带着你的特列弗工作。普里克这条狗太可惜了。看来，它毕竟还是缺乏自制力。"

柏林动物园

在打败了敌人并取得了伟大胜利的日子里，我们在柏林动物园里看见了一头非洲大象，它的名字叫格罗斯·汉斯。那里刚刚发生过一场激烈的战斗。许多动物，包括大象在内，都受到了伤害。

一群德国孩子把我带到动物园去看这头大象。我和这些孩子是在我们的战地伙房附近认识的。当时，他们由于长期挨饿，身体变得很虚弱，又害怕战争的隆隆炮声。战士们给他们喝汤，我给了他们巧克力糖。我这个军官不吸烟，能领到一些巧克力糖代替烟卷。

孩子们知道了我是兽医，便争先恐后地告诉我动物园里有许多动物受了伤。我毫不迟疑，让孩子们坐上载重汽车，由他们带路直奔动物园。和我同去的还有两个兽医士、几个兽医卫生员。他们随身带着粗帆布行军包，里面装了绷带、药棉、外科器材和一些常用药品。

一幅凄惨的画面展现在我们的眼前：许多铁笼子和栅栏被毁坏了，遍地是弹坑，树木被炸断、劈裂……被炸死的动物虽然已经收拾完毕，从动物园的各个角落还传来野兽和鸟类的哀鸣：怒号、呻吟、凄啼、尖叫……它们不但受着伤痛的折磨，而且都在挨饿。

一个脖子上缠着绷带的高个子浅色头发的中士和几个士兵把打死的马宰割了，用马肉喂狮子和老虎。

中士向我作了自我介绍："我叫伊万·索罗金，"然后，他指着关了一头大象的铁栅栏说，"兽医同志，先请您帮帮这头大象，不过要小心，它不让任何人接近，似乎仇视所有的人……"

大象抬起血迹斑斑的右前腿，不停地发出微弱的悲戚声。

大象喜欢吃有香味的甜食，我把一块巧克力糖放在手心里，将手伸进铁栅栏，同时细声细气地呼唤它的名字："格罗斯·汉斯，格罗斯·汉斯……"大象用鼻尖钩住这块巧克力轻轻地送进了嘴里，然后又向我伸出长长的鼻子，发出呼噜呼噜的响声，好像在求我："我还要，再给一块吧！"

我给大象吃了好几块巧克力之后，小心翼翼地走进了栅栏，对它说："格罗斯·汉斯，要安静。"那群孩子站在栅栏边也用德语安抚它："安静，安静！"

我一走进铁栅栏，大象就抬起了受伤的腿，哀求似的朝我发出吱吱声，仿佛想说："我疼啊，你帮帮我吧。"

我用药棉轻轻地揭去它腿上的血块，这才看见了被子弹打中的伤口。子弹进得不深，我用钳子把它取了出来。大象颤抖了一下，但没有碰我，只是轻轻地呻吟。

我用碘酒抹擦伤口，给它在腿上扎了三条绷带，真像一根敦实的柱子。

格罗斯·汉斯或许是感到疼痛减轻了，就朝我脸上友好地吹吹热气，然后又用长鼻子碰碰我的右裤兜。我刚才就是从这个兜里掏出巧克力来喂给它吃的。

"瞧你这个爱吃甜食的家伙……"我低声说。告别时我又给它吃了一块糖。大象甩动长鼻子，低沉地吱吱叫，好像在向我表示感谢。

我们察看了铁笼里的所有动物，对受伤的都给予了医治。孩子们陪伴着我们，用德语劝说动物，它们才乖乖地平静下来。

我们的一个战士还捎来一捆干草，分发给动物们吃。大象贪婪地朝饲料扑过去，看得出来，它确实是饿得太久了。

直到傍晚，我们才算忙完，索罗金中士也把牲口喂完了。我和他一起坐在假山脚下。这里有一个黑门洞，里边是猴子居住的地方。索罗金抽完烟，突然笑笑："这些猴子挺有意思，它们还抓伤了德国鬼子……"于是，他向我讲述了动物园里的最后一次战斗：

法西斯分子连这个石穴也不肯放过。但我们在苏联国内进修时也学会了对付这些家伙的本领。自动步枪和手榴弹是我们的朋友和助手。

班里只剩下我和另外五个人，其余的人都失去了战斗力。我们追击一股希特勒分子，一个军官和两个自动枪枪手躲开我们，偷偷地溜进了动物园。他们钻进了猴子洞穴，那个被我们打伤了一条腿的军官一瘸一瘸跑进了象房。他躲在大象的粗腿后面，向我们开枪射击。我们藏在一块大石头旁边却不便开枪回击，因为怕击伤了大象，伤到大象就真是太遗憾了。

我命令两个战士封锁猴子洞口，不让敌人出来，又指挥两个自动枪手包抄敌人，我一个人坚守在原来的地方。

我隐蔽在石头堆后面。从一个缝隙中我可以观察到敌人，而他却看不见我。这个鬼子军官用枪托捶击着大象的身躯。"他大概是想把大象赶出去，"我这么想，"但又是为了什么呢？"大象站着一动不动，嘴里气呼呼地发出咕噜声，长鼻子像一条鞭子似的抽打地面。

瞧，大象开始摇摇晃晃地起步了。它走出栅栏就加快脚步朝河马的水池走去。德国军官紧挨着大象的腿一瘸一拐地走在前头，左顾右盼，不时还用自动枪从下面揍大象的头部。"这个狡猾的家伙真凶狠，"我心里暗想，"他是要用这堵活的墙掩护他逃命……他知道我们珍惜大象，不会随意开枪……但是他休想溜掉！"

我发出信号。大家嗖的一声站起来，从三个方向瞄准了这个军官，同时用德语大声喊道："站住！举起手来！"敌人却转过身子，举起枪扫来一梭子弹。我们应声趴倒在地，尽管他是无目的地扫射，但也有可能被打中。这时，大象突然凶猛地吼叫起来，又是跺脚，又是用鼻子抽打地面，随后就像轮船汽笛似的呼啸起来。它的长鼻子如同橡皮管似的一会儿伸长一会儿收缩，紧接着它又像蟒蛇一样缠住了高个子德国军官，一下子把他悬空举到自己头顶。只听见德国鬼子惨叫一声就没有动静了，大概已经呜呼哀哉。狂怒的大象高举着鬼子大摇大摆地来到水池边，把这个欺侮它的家伙啪的一声扔进了水池，水溅起来溢出了水池，连河马也躲闪到一边去了……

我们赶到水池边，把鬼子打捞起来。从他军衣上佩戴的袖章推测，这是个尉官，党卫军分子。他还没有死，只是惊吓得说不出话来了。

随后，我们又赶到猴子洞，那里还龟缩着两个鬼子兵呢。我们的自动枪枪手趴在洞口的石堆后面监视着他们。我们还没有行动，便从洞里传出一阵猴子的尖叫声和人的呼喊声，不一会儿，敌人自己就爬出来了。手里举起几块白手帕，用俄语清楚地说："俘虏……俘虏……"两个家伙的脸都被抓伤了，原来他们遭到了猴子的袭击。

那个德国军官朝我们开枪的同时，也没有放过大象，因为他对这个庞然大物也十分恼火。大象的一条腿流血不止，呼哧呼哧地直喘粗气，不停地尖声吼叫，那副模样真可怜。

望着这头大象，我对战友们说："在我们民间流传着这么一句话——'谁强大，谁就温和、厚道。'这话一点儿不假！但谁要是惹怒了这温和、厚道的庞然大物，谁就得吃苦头。"

后来，我又几次去动物园看望过我的朋友——温和、厚道的大象格罗斯·汉斯，每次它都是从老远就认出了我，发出柔和、温驯的咕噜咕噜声对我表示欢迎。

忠诚的导盲犬

在医院里

卫国战争中，我是在一所伤残军人的医院里认识它的。

那天，值班医生把我带到按摩室，床边站着一位身穿白大褂的按摩师，他的两只袖子卷到了胳膊肘。这是个三十多岁的中年男子，梳着一个偏分头，戴一副黑色眼镜。我向他打了个招呼，他点点头，腼腆地一笑，低声说："请您把衣服撩到腰部，躺下。"

我这时才发现，按摩师原来是个盲人！他苍白的脸上布满了像是涂了浅绿颜色的小伤疤。

我把衣服撸到腰间，躺在床上。按摩师伸出双手，手指长长的，指甲修得很整齐。他在我背后敷上一点儿滑石粉，就动手按摩起来。他的手灵巧而又有劲，开始动作很轻，慢慢加大力量，似乎在寻找脉络，并设法触摸到体内的器官。他的手指犹如弹钢琴般在皮肤上来回挪动。有时用拳头轻轻敲一敲，接着就用两只手掌搓揉，直到皮肤完全发热。

我最初感到一阵剧痛，后来便不疼了，背上热乎乎的，觉得很舒服。大约15分钟之后，按摩师用手掌在我感到疼痛的地方，轻轻揉一揉，笑笑说："好，今天就够了。你感觉怎么样？"

我下床很快就把腰挺直了。在这之前，要我这么做是很困难的。我兴奋地回答说："太好啦，谢谢你！"

按摩师尼古拉·伊里奇·马里宁结束工作，走出医院的时候，我们这些病人都聚集在一个敞开着的窗前向外张望。这时已经是晌午了。尼古拉·伊里奇不慌不忙地走在人行道上，同时沉着地用手杖探路，一条系着绳子的大狗在他左前方引路，绳子的另一头系在盲人的腰上。这条灰毛狗身躯长长的，脖子粗壮，行走时全身向下伏，很像一条狼。它遇到行人仍然径直朝前走，似乎早已习惯了只能由别人给它的主人让道。这时，恰好有一个戴白帽的大个子男人径直朝尼古拉·伊里奇走来，他一边走一边沉思，两个人眼看就要撞上了。大灰狗停住脚步，龇牙咧嘴地狂吠起来，大个子行人这才如梦初醒似的急忙脱下帽子，深深鞠一躬，低头说了句话，大概是表示歉意。

我们不约而同地笑了起来。

到拐角处需要横过马路了，大灰狗停止前进，就地坐了下来。原来马路上有一辆电车和两辆汽车正行驶过来。等车辆驶过再听不到车轮的嘎嘎声了，大灰狗才站起来，竖起耳朵又倾听一番，确信道路畅通无阻了，它才扯紧绳索，带着主人横过了马路。它两只眼睛根本不看周围，似乎单凭听觉就能判断这时候过马路是安全的。

横过马路之后，他们又碰上了新的障碍：那里在粉刷房屋，人行道被两根长方木隔断了。大灰狗在木条前停了一下，然后带着主人从左边绕过木条，再沿着马路继续朝前走。

从脚手架上跳下来一个年轻的泥瓦工，腰间围着沾满石灰泥浆的围裙。他走到尼古拉·伊里奇跟前说了几句话，可能是想主动给盲人引路。马里宁摇摇头，小心翼翼地用手杖敲击着障碍物，一步步接着朝前走。的确，有大灰狗带路不会出错。

我们从窗口里观望了许久，想知道这条聪明的导盲犬是怎么工作的，直到马里宁的影子消失在前边拐弯的地方。

能干的小狗

这条狗才两个月时，就由包里斯·茨维特柯夫从养狗俱乐部带回了家。小狗身躯细长消瘦，显得又笨又丑，常常无缘无故地叫闹，把台布从桌面上叼下来，根本不听使唤。

"瞧它多淘气！"包里斯的妈妈瓦西里耶芙娜说，"要把它训练出来，得苦死你了。"

包里斯有训练小狗的经验。爸爸上前线时，给他留下了一条猎豹犬。

"包里斯，你看着办吧！"爸爸说，"必要时，你把它送给部队，巡逻时用得着的。"

战争快结束时，家里得到了爸爸牺牲的不幸消息。包里斯立即把猎豹犬送到了区军事委员会。他说："哪怕让它去咬死一个法西斯分子也行！"

这之后，包里斯才从俱乐部带回这条小狗，名字叫诺尔卡。

15 岁的姐姐塔尼娅取笑弟弟："你从哪里弄来这么一条又瘦又傻的小狗？"

"你小时候大概也不大聪明吧，"包里斯生气地说，"你还不知道它的家谱哩，它的妈妈在博览会上得过头奖。你等着瞧吧，它长大了准是个好样的！"

"这可是件新鲜事，真叫人难以相信……"塔尼娅拉长嗓门说。

包里斯很生气，塔尼娅自以为长大了，却把弟弟看成还是个小孩子。当然，他不是 15 岁，而是只有 12 岁。这又有什么关系呢？姐姐认为，他应当完全听从她的。那怎么行？他哪能什么都听一个小姑娘的？妈妈给他俩买了一个排球，结果让她一个人独占了。

只要塔尼娅一走出家门，包里斯就把球扔给小狗玩儿。诺尔卡在房间里滚来滚去地玩球，可开心啦！球一会儿从它身边滚开，像人似的弹得老高，一会儿又滚到阴暗角落里藏起来，把小狗急得汪汪直叫。有一次，它用锋利的牙齿使劲一咬，球突然发出咝咝声变软了。小狗吓得赶紧跑开，过了好一阵子才小心翼翼地走过来，用一只爪子轻轻地碰一碰，然后把球叼起来乱咬一通，再把球扔掉，从此对这小玩意儿再也不感兴趣了。

塔尼娅回到家，弟弟正坐在那里忙着修补排球哩。

"妈妈，瞧这讨厌的小狗，总是破坏我的东西，到什么时候才有个完？"她气愤地说，"昨天撕破了我的头巾，今天又把我的排球咬坏了。"

"难道你不晓得这条狗需要玩耍吗？应该开发它的智力呀！"包里斯和气地回答说。

"那你自己买个球去开发它的智力好啦，干吗让它咬别人的球！我们今天正要练球，你却把我的计划全打乱了！"

"孩子们，别吵啦！"妈妈安抚他们说，"塔尼娅，弟弟正在给你修补哩，以后我给诺尔卡缝一个新的。"

"妈妈，你总是护着包里斯！"塔尼娅一个转身回到自己房间里去了。

妈妈用破布条缝了一个大球，小狗抓着这个布球随地乱滚，又撕又咬。包里斯还在院子里竖起一根树枝，尖端系上一个软绵绵的东西,让诺尔卡咬住它使劲拉拽,然后再放开，树枝随之摇晃起来，树枝尖上的那团东西更是摇摆不停，逗弄着性急的小狗。包里斯一日三餐给小狗喂牛奶、浓汤和胡萝卜丝，他还在药店给小狗买了一小瓶维生素药片。

"把你的水果罐头也喂给它吃吧！"塔尼娅讥笑说。

"我会给的,它还小着呢！那你给它吃点儿什么呢？"

后来，小狗渐渐地变得又粗又壮。姐弟之间还发生了一场大的争吵。诺尔卡好动，爱惹事，但并不凶恶。包里斯偏要把它训练成一条恶狗，像他们家从前的那条猎豹犬一样。他一直还记着那条凶猛的猎犬。

有一天，塔尼娅有个女友来找她，诺尔卡朝她汪汪叫，却并无恶意。包里斯唆使道:"冲啊！诺尔卡,冲上去！"

诺尔卡应声狂吠着直朝姑娘扑上去。塔尼娅的女友吓得尖叫起来，赶紧打开门钻进了走廊。塔尼娅听到后从自己房间里跑出来，脸都气红了:"包里斯,你简直是胡闹！竟然唆使狗来咬我的朋友，以后谁还敢来找我玩儿啊！"

"你懂什么,"包里斯平静地说,"这是训练诺尔卡不

应该轻易相信陌生人。"

"那就让它去咬你的同学好啦,不能把我的同学给它训练。这事我要告诉妈妈……"

"你告去呗! 妈妈才不像你, 她能理解我。你还是八年级学生哩……"

塔尼娅走进走廊, 见女友还惊慌地贴着墙壁站着, 一动也不敢动。塔尼娅招呼她走, 她说还得等一会儿, 她要装得让诺尔卡真的以为这个来客被"制伏"了, 这是她预先和包里斯商量好了的。

"哦, 原来是这么回事! 也不告诉我一声。那你干吗要嚷得那么凶? "

"我必须假装成特别害怕的样子,你这下明白了吧! "

春天来了。只好让诺尔卡去院子里住木板棚了。包里斯在院子里给它搭了一个小屋,把自己小时候用过的一条旧裤子铺在地上。他每天给狗刷洗, 天转暖以后, 还常给它洗澡。诺尔卡喜欢玩水, 却不愿意游泳, 它害怕呛水。但是, 所有执勤的狗都必须学会游泳。于是, 包里斯在水里抱起沉甸甸的诺尔卡, 往深处游去, 然后扔开它，自己再朝前游。诺尔卡睁大眼睛，急忙游回岸边。它这样游过多次以后，终于渐渐习惯了，乐意跟着小主人跳入水中，甚至还能和小主人一起游到对岸。

每天傍晚，包里斯带着诺尔卡在大街上散步。开始，诺尔卡见到汽车就害怕，连忙躲到主人的脚边来。有一次，包里斯把狗带到他认识的一个司机的汽车边上，让它和自己一起触摸汽车，然后又一块儿上车进城。后来，诺尔卡就不再害怕汽车了。

包里斯有时骑着自行车去城外，他顺着柏油路骑得非常快，诺尔卡伸出舌头跑得飞快，勉强才能追赶得上。有一天，一位老人拦住包里斯说："喂，小朋友，你为什么让狗跑得这么急？你会把它累坏的。"

"老爷爷，我这是在训练它的耐力。"

"当然，它是狗，应该会跑。不过，干什么事都得有个限度……"

"我这样做是从书上学来的，我还常去俱乐部请教练指导呢。"

"哦，要是这样，那你就没有错，做得对。"老人放心了。

诺尔卡 9 个月的时候，已经从一个瘦弱的小淘气包变成一条狼一般威武的大狗了。甚至连塔尼娅也说："妈妈，我们的诺尔卡变大变漂亮了，是吗？"

妈妈笑笑说："是的，孩子，你说得对！功夫不负有心人哪！"

对诺尔卡在家里的训练告一个段落，还需要对它做进一步的正规训练。包里斯将它带到俱乐部，去查它的血缘关系，弄清楚它的爸爸、妈妈乃至爷爷、奶奶的情况。一旦给诺尔卡弄到一张"身份证"，就可以对它进行正规训练了。

整个冬天，包里斯每周三次把诺尔卡带到俱乐部去，担任指导的是特列季阳科夫，他是一位经验丰富的教练。

诺尔卡十分机灵，很快掌握了课上教的动作。"五一"节期间，妈妈的同事来她家做客，包里斯让诺尔卡当场表演，做了坐、卧、爬、跳棍棒等一系列动作，做得都很成功。包里斯让它叫，一声令下，它就断断续续地响亮地叫了起来。

包里斯非常得意，甚至连塔尼娅也夸奖起它来了。

"姑娘们，你们知道吗，这狗是包里斯自己训练出来的，"

她对女友们说，"我们的包里斯很顽强，干什么事都不达目的决不罢休。冬天，他让狗拉着滑雪板跟在汽车后面跑。我说的都是真话，不信，你们问问包里斯……"

"吹牛……撒谎也不脸红！"包里斯无所顾忌地说。

"包——里斯，"塔尼娅拉长嗓门央求地喊道，"你自己不也说过和诺尔卡一起跟着汽车跑呀……"

"你真有意思！我和诺尔卡是坐在斗车里呢。"

大家都笑了，塔尼娅又羞愧又懊丧，差点儿没哭出来。

有一天，包里斯兴奋地从俱乐部回来，高兴地说："妈妈，我们俱乐部从莫斯科来了一个教练。他要挑选一批狗训练给盲人引路。"

"这是真的吗？"

"真的，他挑选了五条狗，其中还有我的诺尔卡呢。他检查了诺尔卡的听觉、视觉、记忆力和注意力。他说，诺尔卡的这几项都很出色。"

"那你怎么办，你舍得送给他们吗？"

"当然舍不得，但这是应该做的，因为那些盲人都是在战争中致残的。教练说，这是一件新鲜事……妈妈，将来要是能看看诺尔卡是怎么训练的，那才有意思呢。"

"那当然有意思。"妈妈点头表示同意。

"妈妈，他还说诺尔卡经过训练后，说不定还会送回我们城市来，因为它熟悉这儿的街道，便于更好地给盲人带路。你懂吗？"

"懂，孩子，但还不完全懂。"妈妈笑笑说。

塔尼娅这时插话了："你是个傻瓜，包里斯！别人把你当小孩子捉弄，你还信以为真了。"

"这根本不是捉弄我，"包里斯皱皱眉说，"他说的都是真话。"

"你完全成了我们家的一个养狗专家了！"妈妈又笑着说。她伸出手想摸摸儿子的头，包里斯却把头侧向一边："你们总是把我当作小孩子……"

妈妈紧紧地搂住两个孩子，用亲昵而又带有点儿责备的口吻说："好啊，你们要扎人啦，我可爱的小刺猬们，还不让我摸……"

艰难的训练

诺尔卡被带到莫斯科近郊的一所特殊学校。这儿四周是草地、小树林和清澈见底的水池。一栋栋木屋坐落在花园和菜园之间。

从各个城市带到这儿来接受专门训练的许多狗，都单独关在一间间宽敞的屋子里，周围是高高的铁栅栏。每间屋子的中央有一个地洞，这是冬暖夏凉的狗窝。狗待在里边很舒适。

这些狗刚刚离开自己的家，很不安静：从墙这边到墙那边满屋子乱跑，心神不宁地狂吠。

诺尔卡也思念自己的亲人，它神情忧郁、长吁短叹、哈欠不断，有时还低声哀号，好像是在抱怨自己命苦。傍晚，它总是仰起狭窄的嘴脸，拉长嗓门，忧愁地哼着一个调："啊呜——呜——呜！"

诺尔卡的新主人瓦西里耶夫教练安抚它说："小傻瓜，你呼号什么呀，嗯？我们很快就要开始训练了，到那时候，你就再也不会忧伤啦！"

诺尔卡听着瓦西里耶夫温存的话语，细细注视他的眼神，渐渐安静下来。

瓦西里耶夫带它去散步，却不放开长长的绳索。诺尔卡不能像和包里斯玩耍时那样自由自在地跑呀跳呀。

其实，新主人待它也很好，不过比包里斯要严厉一些。新主人给它喝香味浓郁的肉汤，给它洗刷，还领它去水池洗澡。舒适的生活使它很快就习惯了新主人，乐意完成俱乐部规定的全部动作，如"到我这儿来""坐下""散步去""回到原地去""站住"等。

有一天，瓦西里耶夫把诺尔卡带到树林中的一块大空旷地，那里是一个奇怪的城镇：全是些小平房，墙上挂着许多真正的信箱。几条铺柏油的人行道穿过这无数的平房，有的地方还立着梯子和路标，架有小木桥的壕沟，还有深坑、水洼地、石柱以及一条窄轨铁路，沿线却没有十字路口和拦路杆。

瓦西里耶夫给诺尔卡套上一根皮带，紧紧拴住它的脖子和胸部，又借助这根皮带在它背上安了一个弧形细钢圈。教练的左手像抓缰绳似的抓住这个钢圈，右手挂着拐杖，然后下口令："朝前走，别出声！"他自己也跟着狗开步走，同时用拐杖探路。他像个盲人似的，但没有闭上眼睛。就这样在大街左边空旷的人行道上训练诺尔卡。为了更好地体验盲人的感觉，有时他也把眼睛闭上，刹那间就坠入了黑暗的深渊，于是又赶紧睁开眼睛。

闭着眼睛走路真是难受，好像自己陷到地底下了，伸手不见五指，也分不出东南西北了。

诺尔卡顺从地朝前走，它这样做并不困难。但还得教会它如何辨别地面的障碍以及怎样绕开它们，确切地说就是如何领着盲人绕开所有的障碍物。起初，诺尔卡像别的狗一样，横过马路时总想抄近路，遇到小障碍就要跳过去。瓦西里耶夫却不跟它走，而是站着不动，厉声说："不行！"诺尔卡竖起一只耳朵断断续续地发出啊呜的叫声，大概是在询问主人："怎么回事？"它当然疑惑不解：为什么非要在十字路口过马路？不是可以径直朝前走吗？为什么好好的一个人连一条小壕沟、一根圆木都跳不过去？瓦西里耶夫从一旁绕开圆木，然后上桥过沟。因为盲人必须这样行走。

一路上，凡是诺尔卡遇到小障碍就想蹦过去的时候，瓦西里耶夫就把绳子挨近地面，让绳子碰到障碍物。狗越是急着要跳，瓦西里耶夫就越是用劲拉紧绳子，将它往后拽。这样，诺尔卡慢慢学会绕开障碍物走路了。不过，当遇到比狗的身材高的障碍物时，它看不见，因为这对它并无妨碍，却能挡住盲人的去路。瓦西里耶夫让狗在一条横木前面停住，用拐杖敲击横木说："不行，绕着走！"同时还拉紧绳子把狗引向旁边。诺尔卡却没有感到这根横木对它有什么妨碍，所以还是想从横木下边溜过去。

后来，瓦西里耶夫想出一个办法：当诺尔卡正要从横木下面钻过去时，就把横木朝它倒下去，狠狠地砸在它的脖子上。诺尔卡吃了这次苦头后就变得小心多了，每当遇到和人一般高或是更高的路障，它都会乖乖地绕行。

"怎么样，诺尔卡，现在明白了吧，你吃苦头的原因就因为你太不听话了……"瓦西里耶夫说完笑了笑。

每次执行完命令，主人都连声夸奖说："好，好！"同时用强劲有力而又温柔的手摸摸它的头，要不就给它吃一块香喷喷的烤肉。瓦西里耶夫的肩上总是挂着一个小帆布包，只要瓦西里耶夫把手一伸进包里，诺尔卡就迫不及待地捣动着四条腿，发亮的眼珠贪婪地盯着主人。它得到一块肉，就摇摇尾巴，无声地龇出大白牙，似乎在满意地发笑。

瓦西里耶夫已经教会诺尔卡给汽车、马车以及骑马人让道。但它对没有声响的自行车，就不愿意让路，因为它在包里斯家里对自行车已经习以为常了。要知道，自行车有时也会把盲人撞倒。因此，训练时只好多骑自行车。诺尔卡生气了。它看见所有骑车人都要扑上去。这个坏习惯必须给它改掉。

在这里训练了两个月之后，瓦西里耶夫带着诺尔卡来到莫斯科城郊。

起初，诺尔卡一走到繁华的城市大街，就很惊慌，它想把"盲人"引到旁边行人稀少的道路上去，但是瓦西里耶夫就是不放开它。

"不行，径直朝前走！"他厉声命令道。

瓦西里耶夫开始尝试让诺尔卡辨认交通信号灯，这一套它根本不懂。它像所有自己的同类一样，生来就是色盲。但是，诺尔卡习惯于辨别各种姿势，能觉察到值班民警动作的变化。每当民警用指挥棒拦住车辆时，诺尔卡就带着主人迅速地朝前走。

瓦西里耶夫最后把诺尔卡带到了特别热闹的地方：车站、集市和街心花园。诺尔卡总是关照着自己的主人，对别的行人根本不在意。但愿别碰撞这些人，才能畅通无阻地给"孤立无援"的主人带好路。瓦西里耶夫有时装成盲人，久久地闭上眼睛，放心大胆地跟在训练有素的诺尔卡身后，虽然眼前漆黑一团，却一点儿也不感到害怕。他牵着狗边走边想："好，好，将来我那陌生的盲人朋友，能有可以信赖的依靠了。"

三个月的专业训练结束后，为导盲犬举行了一次毕业考试。每个教师都训练了几只狗，他们都在为自己的"学生"担心。在它们身上真没有少花功夫，这些狗会不会考砸？

瓦西里耶夫这回真的被蒙上了眼睛，诺尔卡带着主人准确无误地绕过了所有的障碍物。

考试委员会主席是生理学院的基谢列夫教授，他留着尖形胡子，戴一副夹鼻眼镜，模样有点儿像作家契诃夫。教授握住瓦西里耶夫的手，盯住他的眼睛说："谢谢，瓦西里耶夫同志，您工作得很出色。您训练的导盲犬将会是残疾军人的忠诚的朋友。现在，我们不仅要在熟悉的路线上来检验这些狗的工作能力，还得看它们在城市里能不能独立自主地辨认方向？您明白我的意思吗？"教授停顿了一下，接着又继续说，"您要把诺尔卡交给指定的主人时，您可以这样检验它。正因为如此，我们一般都把狗送回到它们熟悉的老地方去。"

能工巧匠

　　战前，马里宁是纺织厂的一个产品图案设计师。他苦心钻研技艺，经常去森林、绿草地和花园，描绘大自然的风景。

　　马里宁创作了两幅很具特色的图案：一幅是画在丝织品上面的，画面是蔚蓝色的天空和金黄色的阳光；另一幅画在细棉布上，是为孩子们创作的，马里宁把它叫作《林间草地》，草地上别出心裁地撒满了花瓣、嫩叶、枝条和草莓野果，还有戴红帽的蘑菇，天上有一轮闪光的红日在向人们微笑……

　　突然，战争爆发了！设计师马里宁的创作很快就被打断了。上前线时，他对妻子说："马丽娅，你要保存好我的画稿……回来后我再接着画……"

　　在前线，马里宁是炮兵指挥员。有一次，敌人的迫击炮猛烈轰击我军的火力阵地，他的面部严重烧伤，被送到乌拉尔后方医院。

　　他在医院里躺了整整一年后才回到了家乡。他所喜爱的那种充满阳光和色彩绚丽的光明世界，却已一去不复返了，取而代之的是永远的黑暗。在前线受的外伤已经痊愈，然而心灵的创伤却使他久久不得安宁。

待在家里无事可做是很让人难受的。他用手反复抚摸着战前画的一张张图画，想象着那鲜花盛开的画面。一天，马丽娅对丈夫说："亲爱的，我曾去过残疾军人医院，那里没有按摩师，但又很需要……你觉得怎么样，嗯？"

当初，他在医院的初愈病人组里，曾经学过按摩。有一回医院院长查病房时，就对他说："马里宁同志，看得出来，你为没事可做感到苦恼。你学学按摩吧，这是一件有益的事，将来也用得着。"

马里宁接受了他的忠告，学习得很起劲。

回到自己的城市，起初，他没有考虑过自己将来干点儿什么。但闲着没事干的日子真使人难熬，简直无法再这么生活下去了。现在，马丽娅恰好与他谈起了工作的事，他便抱住妻子的双肩亲昵地说："马丽娅，我亲爱的，你真聪明！谢谢！"

他相信按摩师会创造出奇迹。受过重伤的人，关节容易慢慢发僵，若是每天进行强有力的按摩，让腿脚上的肌肉得到锻炼,全身各关节的功能也会逐渐恢复正常。

这样，残疾人一旦可以活动自如，他的心情也会逐渐舒畅起来。

当按摩师是用自己的双手去劳动，这是多么令人愉快的事！

病人喜欢他那双强劲有力而又温热柔和的手。马里宁感觉到了自己的劳动有益于大家，人们都需要他。

不久，马里宁有了一个儿子。孩子长得很结实，黑黑的头发，深棕色的眼睛。朋友们说："你们瞧，孩子长得跟爸爸一模一样……眼睛亮晶晶的！"

从前那种生活的乐趣又回到了马里宁的身边。只有一件事总使他心里不安。在反法西斯战争中他失去了双眼，他常把战争想象成一个漆黑的夜晚，他切齿痛恨那些使人类坠入这黑暗深渊的家伙。

马里宁很熟悉自己的城市，他在这儿出生和成长，他上班可以不要人带路，再说家里也没有人可以护送他。马丽娅当上校长之后，整天忙于工作，小女儿莲娜又在上学。

战后，城市交通有了很大发展。在繁华的地方，各种嘈杂声混在一起，盲人难以辨别什么声音是他们安全的保障，他们横过马路时很不安全。

有一天，马丽娅被叫到了市政府去，通知她说："我们向莫斯科有关部门打了报告，要求给你丈夫配备一条导盲犬。对，一条经过专门驯养的狗！马丽娅，你不必感到奇怪，这的确是件新鲜事，据说这条狗训练有素，忠诚可靠，它将由专业教练送来。"

马丽娅将这个消息告诉了丈夫，还说她自己也将信将疑。马里宁听了很感动，但对这个四条腿的引路者，他也难以想象。莲娜听见爸爸妈妈的谈话，乐得拍手叫好，真担心爸爸妈妈不要这条狗，于是急忙说："让他们送来呀，我还想跟它一起玩儿呢……"

返回

诺尔卡跟着瓦西里耶夫逛城的时候，自由自在地在大街上行走。这座城市是它的故乡，它很熟悉。

马里宁住在一栋四层高的新楼房里，离一家工厂不远。楼房旁边有一个大院子，四周是一丛丛相思树。院子角落有一大堆金黄色的沙土，孩子们在上面玩耍。再边上有群女学生在玩球。突然，娃娃群中发生了斗殴。

"维佳，住手！"一个浅色头发的小姑娘嚷道，她把打架的孩童掰开，"不准打架。你真是一只好斗的公鸡……"

黑头发的小男孩噘着嘴，扬起眉毛威胁说："你等着瞧！"说完一转身，他突然发现不知从哪里钻出来一条狗，小男孩顿时又眉开眼笑地嚷起来："瓦瓦卡！"

霎时间孩子们都不玩儿了。只见一个身穿军便服的男人走进院子，手里牵着一条狗，那狗长得跟狼似的。

一个小姑娘扔下弟弟朝家门口跑去："爸爸！妈妈！你们瞧呀，他们给我们带来的狗多么漂亮！"

诺尔卡紧靠着主人的脚，用怀疑的目光打量着四周。这里的一切，对它都是陌生的。

他们走进宽敞的客厅。马丽娅指着一把椅子请客人坐下，她自己到另一个房间去了。

瓦西里耶夫环顾客厅，清洁、美观、大方，陈设也很朴素。不速之客却发现，墙壁上挂满了镜框，里面是各种花的图案：火红的郁金香、浅蓝的矢车菊、白色和玫瑰色母菊、石竹、三色堇和几串红花楸果。还有一些画是由条条、点点、圆圈、豆粒构成的，这种组合别具一格，很招人喜爱。所有这些画都映在一面镜子里，使人觉得玻璃后面似乎还有一间这样漂亮的客厅。瓦西里耶夫正想从椅子上站起来，到墙边仔细观赏这些图画，突然传来一个小姑娘的声音。

"叔叔，我可以摸摸它吗？"还没有得到许可，她就伸手去摸诺尔卡的脑袋。

诺尔卡有节制地发出呜呜的声音，小姑娘吓得赶忙把手缩了回去："哎呀，好凶啊！"

这时，马里宁从另外一个房间走出来，他的行动是那么自如，好像他是一个视力正常的人。

"您好！"马里宁一边说，一边准确无误地向瓦西里耶夫伸出手来。

"爸爸，这狗这么凶，怎么能给你带路呀？"莲娜失望地问道。

"孩子，只要和它交上朋友，就好办了。"

"马里宁，您说得对。你们现在要争取得到诺尔卡的信任和爱戴，不过首先应当和它交朋友，要不然诺尔卡是不肯亲近你们的。它在我们那里可是个硬性子。小姑娘，在没有和它混熟之前，你可得当心点儿。"

这时，长着一对亮晶晶黑眼珠的维佳推开半掩半开的门呼哧呼哧跑进来。小男孩摇摇晃晃，还没完全站稳就毫不胆怯地来到诺尔卡身边，摸了摸它的嘴脸。

"小乖乖！"他说。

维佳见了什么都喜欢，他把诺尔卡叫"小乖乖"，因为爸爸、妈妈也是这么称呼他的。

"妈妈，这条狗会咬他的！"莲娜嚷了起来。

"安静些……"瓦西里耶夫阻止了小姑娘。诺尔卡安静地望着小男孩，同时摇摇尾巴。

"别害怕，"瓦西里耶夫说，"最凶恶的狗也不会咬小孩子的。”

“为什么呀？”莲娜惊奇地问道。

“也许是感到小孩子不会伤害它们吧！”马丽娅提出了她的看法。

“没错，是这样的。”瓦西里耶夫赞同她的意见。

“要是它把我看作是大人，那该怎么办呢？”莲娜委屈地说。

“瞧你这个机灵鬼！”妈妈笑笑说，“平时总爱嚷嚷说自己长大了！现在，又想变小一点儿了。”

“那我就不跟它好，这有什么了不起的！”

诺尔卡本能地在辨别谁是它主人亲近的朋友，它就信任谁，对那些与它主人疏远的人，就爱理不理，存有戒心。瓦西里耶夫和这位他没有见过的陌生人交上了朋友，和他同桌吃饭，一起散步，亲热地交谈。诺尔卡总是和他们在一起，对马里宁的态度逐渐温和、友好了。马里宁试探喂它食物，它不接受，甚至还躲得远远的。现在，瓦西里耶夫偏偏要求它吃下马里宁给它的食物，他带着规劝的口气严厉地命令它：“可以，诺尔卡！可以的……吃吧！”

诺尔卡漫不经心朝食盆走去，警觉而又勉强地吃起来，眼睛一会儿看看瓦西里耶夫，一会儿又瞧瞧马里宁。它那副淡漠而又无可奈何的模样，好像是在对新主人说："好吧，我的主人叫我吃，我就只得听他的了。不过你别指望我会听从你的指挥和献出我的友谊。"

后来，每当该喂诺尔卡进食的时候，瓦西里耶夫就走出房间。这样，诺尔卡才逐渐接受马里宁的食物，而且对新主人的喂食也开始不那么格外挑剔了。

莲娜也想照看诺尔卡，瓦西里耶夫坚决不答应："不行，莲娜。不然，它对你爸爸就不适应了，以后也不会乖乖地给他带路了。"

"我们可是要在一起生活的呀！"莲娜委屈地说。

"你别难过，莲娜，"瓦西里耶夫安抚她说，"诺尔卡什么都懂。我一旦离开你们之后，它就会来亲近和听从你爸爸了。到那时，你就可以协助爸爸来照管它。"

"叔叔，那干吗让它跟维佳玩呀？"

"他还小。"

维佳第一次勇敢地亲近诺尔卡之后，就取得了它的特殊好感。他不仅能抚摸这条狗，而且可以动动它的耳朵和鼻子。诺尔卡和维佳玩耍，满屋子跑来跑去，一会儿趴下，一会儿汪汪叫。维佳乐不可支地追赶它。

有一次，瓦西里耶夫离开了整整一个昼夜，诺尔卡只好自己单独待在马里宁家里。在这家人中，它已经明显地喜欢上了马里宁。现在，一切美味的食品都出自他的双手。他是这么平静、善良。真的，他可不像瓦西里耶夫那样严厉，再说，他对诺尔卡又没有别的特殊要求，只是一个劲地喂养它，亲昵地呼唤它："诺尔卡！诺尔卡！"

傍晚，它开始感到不安，用爪子刨门，发出哀怨的尖叫声，要求放它出去。它显然是要去找瓦西里耶夫。

"不行，诺尔卡！这可不行！"马里宁说，"你躺下吧……"

诺尔卡没有等到主人，很晚才在瓦西里耶夫睡过的那张空沙发旁边躺下。马里宁夜里醒来，在自己床边听到了诺尔卡不停的喘息声。它把身子蜷成一团睡在地板上。马里宁低声呼唤它："诺尔卡！"又轻轻抚摸它的头。诺尔卡舔舔他的手，拘谨地回应他的抚爱，然后才躺在他身边，一直睡到第二天清晨。

不久，瓦西里耶夫彻底离开了马里宁一家，住到附近的一所住宅去了，只偶尔回来看看他们。诺尔卡和马里宁已经混熟了，还肯完成他的一些简单的命令，如"坐下""散步去""躺下"等。做到这些是比较容易的，更何况每做完一个动作之后，还能从马里宁那里得到一片美味的灌肠。

　　过了两个星期，瓦西里耶夫给诺尔卡戴上了皮颈套，系绳扣在马里宁裤腰的皮带上面。瓦西里耶夫在马里宁的右边发号施令："朝前走！"诺尔卡便高兴地迈开步子。他们向左拐弯，穿过大街。诺尔卡出色地执行了瓦西里耶夫的一切命令。

　　第二天，他们去上班。瓦西里耶夫这次不是和马里宁并排行走，而是在街的对面观望他们。下命令的是马里宁自己。他沿着去医院的熟悉路线不停地走着，诺尔卡不时从大街这边望着瓦西里耶夫，同时不折不扣地执行着马里宁下达的每个命令。到达医院之后，瓦西里耶夫用一碗肉汤犒劳诺尔卡。不过，只要瓦西里耶夫在场，诺尔卡总是想尽办法靠近他。瓦西里耶夫却用严厉的目光，甚至以鞭子威胁它……

和亲密的朋友疏远是很难的事。诺尔卡肯定迷惑不解：为什么一向对它亲切的老主人，现在却一反常态，会突然变得那么冷漠、粗暴？

可怕的相遇

几天之后，瓦西里耶夫让马里宁独自牵着诺尔卡到街上去走走。

马里宁对自己上班的路线非常熟悉，非常留意别让诺尔卡带错路。不过，这样的事并没有发生，原来诺尔卡已经记住了前些天他们走过的街道，这正是去医院的路线。诺尔卡甚至还记住了他们该在哪儿上电车，它把马里宁安全地带到电车站，再领到站台前沿等车。上车后，它靠在前几排座位边，用期待的目光望着乘客，像是请别人给它的主人让个座位。这也是瓦西里耶夫教会它的。当然人们不会让它久等，两个小学生马上站起来，异口同声地说："请吧！您请坐。"

马里宁坐下来，诺尔卡钻到座位底下躺着，直到主人呼唤它才出来。

快到医院的时候，马里宁忽然听见一个男孩的欢叫声："诺尔卡，诺尔卡！"

根据声音判断，男孩子大概在马路对面。诺尔卡震颤了一下，停住了脚步：多么熟悉的声音啊！马里宁听见有个声音越来越近，他估计这是诺尔卡的一个熟人，但他对这个声音却感到陌生。他问跑来的这个人："孩子，你要干吗？"

"这是我的诺尔卡……"孩子说得很激动。

"怎么？它会是你的？"

"嗨，它就是我的……我训练过它，后来被一所学校要去了。它现在跟着您，是吗？"

"是跟着我……"

诺尔卡站在马里宁脚边，他感觉到小狗毛茸茸的尾巴在他腿边摆动几下之后，就甩开他要朝小男孩奔去。马里宁拽着绳子厉声命令道："不行，诺尔卡，站住！"接着，马里宁又客气地对来者说："小朋友，我急着要上班。你以后去我们家吧，不过，只能在休息日。我在家里等你。"说完就把地址告诉了他。

"好吧，我一定去！"包里斯高兴地回答。

"朝前走！"马里宁下达了命令。

诺尔卡乖乖地在马里宁前面领路，只回头看了自己从前的小主人一眼，想当初他们在一起时玩得多么痛快……

包里斯久久地站在原地，望着他们的背影，直到他们进了医院大门。他很高兴，因为他的诺尔卡现在已经开始执行任务了，他同时感到惆怅和忧伤，因为可爱的诺尔卡，他的好朋友，如今已经不属于他了。

马里宁下班回到家里，兴奋地讲起了遇见孩子的经过。瓦西里耶夫不赞成他在家里接待这个孩子："当然，迟早会碰见的。但是，马里宁，您没有必要邀请他到家里来。诺尔卡只应该知道您家的住址和您一个人。否则，您将会失去这条带路的狗……"

……

星期天，包里斯穿上白色亚麻布校服，一本正经地说："我去看看我的诺尔卡，看它在新主人家里生活得怎么样。"

"去看看吧，孩子。"妈妈赞同地说。

包里斯离开家后，很快就回来了。"你怎么回来得这么快？"妈妈惊奇地问道，"没有见着你的诺尔卡？"

"是的！现在你瞧，连门都不让我进。"

"为什么？"

"大概是怕我把它引走。"

"现在，它已经不是你的了……"塔尼娅说。

"就算是这样，可我是喂养过它的啊！"

"你又何必生这个闷气呢？"妈妈说，"你也算是尽了自己的一份心意，这就很好嘛！"

"也没什么，只是感到窝火！连看看都不让……只一个劲地说'小朋友，谢谢你做的工作，训练过它，但现在你最好不要见诺尔卡。要不，它以后就会不听话了'。"

"包里斯，人家说得对啊，你自己也经常说，狗只能跟一个主人。"

包里斯也觉得妈妈说得有道理，但仍继续诉说着自己的委屈："他们说，小朋友，等诺尔卡上班去了，你再来吧……"

"一句话，等我们不在家，你再来做客吧！"塔尼娅讥讽地说，"真有意思！"

"他们答应以后把诺尔卡的小狗崽给我。"包里斯神情阴沉地说。

塔尼娅好像也在替弟弟抱不平："包里斯，他们把你看成小孩子，只是为了哄哄你，才答应给你一个小木偶。"

"不是小木偶，是一条纯种狗！"包里斯气呼呼地加以纠正。

"不管怎么样，依我看，只见一次面，诺尔卡是不会变坏的。"塔尼娅说。

包里斯冒火了："这件事你懂什么呀？'不会变坏，不会变坏'，要是真的见了面，就有可能把事情搞糟的。"

小小的意外

诺尔卡已经熟悉了两条路线，一条是上班路线，另一条是去城市公园和食品店的路线。在商店里，它把马里宁先带到收款处，然后再去柜台。这也是瓦西里耶夫教会它的。

诺尔卡来马里宁家里才一个来月，它就能比较准确地判断时间了。这对它来说并不困难，因为马里宁的生活很有规律：早晨去上班，然后休息、散步。早晨八点，诺尔卡吃早餐，到九点它就等在门口用爪子刨门了，同时望着主人，像在提醒他："该去上班了！"

诺尔卡对新环境已经完全适应,和新主人也混熟了,只是对房间里阴暗的光线难以忍受,这一点,马里宁是感觉不到的。时常发生这样的事:傍晚家里没有人,马里宁和诺尔卡回来,屋子里昏沉沉的,诺尔卡就汪汪汪地叫个不停,直到马里宁把灯打开,它才不再叫唤。而它的主人则完全用不着灯光。

市中心剧院附近有一个小公园。公园里的树荫下设置了一些凳子,喷泉在公园的中心,水是从一只石雕的鸟嘴里射出来的。喷泉对面的高台上站立着一个小孩子的石像,他穿一条短裤,做着吹军号的姿势。喷泉周围的绿草地上,芍药、旱金莲、翠菊、罂粟等怒放着。

一个星期日,马里宁来这里休息,顺便让诺尔卡熟悉一下这条新路线。到公园门口,马里宁紧拽一下缰绳,然后用命令式口气说:"找去,诺尔卡,找找去！"

诺尔卡跑进公园,沿着林荫道一边跑一边看,一条条凳子都被人占据了。诺尔卡很是不安,一定要给自己的主人找个座位。它在小道上来回奔跑,几乎所有凳子上都坐满了人。马里宁挂着拐杖沿着中心柏油路面的林荫道不慌不忙地朝前走，等待诺尔卡的信号。它仍没有找到座位，便轻轻地朝旁边的一条小道走去，那儿有一对青年男女坐在一条长凳上。诺尔卡在这条长凳前站住了，一动不动，用期待和请求的目光盯着这对年轻人。姑娘拉住小伙子的手，欠欠身子说："米佳，我害怕。咱们走吧！"

"这有什么可怕的，胆小鬼！"小伙子一副毫不在乎的样子，"它或许是想吃点儿东西。给，小狗！"

他扔给狗一块糖。诺尔卡对这个施舍看也不看一眼。它张开嘴龇出满口锋利的白牙，威胁性地狂吠了几声。这可把姑娘吓跑了，那个勇敢的小伙子也赶紧跟着跑了，还不时回头瞧一下这条奇怪的大狗。

"这条狼狗想要干什么？"小伙子有点儿难为情地说。

"大概是条疯狗，"姑娘说，"咱们快走吧，米佳！"

诺尔卡立即跳上长凳，大声叫了几声，呼唤它的主人快快过来。马里宁听到后便拐到了这儿，走到长凳旁边，诺尔卡这才跳下来，躺在长凳下边。

小伙子和姑娘都停住了脚步。姑娘说："米佳，你瞧，它这是赶我们走，为自己的主人找座位呢！多么机灵的一条狗啊！"

小伙子却不同意姑娘的夸奖："这个机灵鬼却让我们碰上了！要是它不来，我们会让出那个座位吗？朝我们瞎叫了一通，把凳子也弄脏了，让它的主人坐去吧，'干净'着呢！"

马里宁用手绢掸掸凳子，铺上一张报纸才坐下来。他听见了这对年轻人的议论，就俯下身子听听凳子下面的动静，用带有责备的口吻对它说："喂，诺尔卡，今天你大概有点儿热情过分了吧，我可没有教你干这种事啊！"

诺尔卡望着主人，用前爪拍拍自己的眼睑，然后长吁一声，将头放在爪子上闭上了眼睛。也许它的心是平静的，因为它已经把主人安置好了。主人对它还会有什么别的要求呢？

严峻的考验

星期日，区里的报社将要组织一次青年接力赛。这天，气候温和。大清早，洒水车就把平坦的大马路清洗得干干净净，黑色路面显得更亮了，像是涂上了一层油漆。宽阔的列宁大街两边是一排排新的椴树。

比赛前一个小时，跑道沿线的马路上，电车、汽车都停止运行。人行道上像过节似的挤满了人。大孩子在人堆里窜来窜去，有的幼儿坐在父母的肩头。每个拐弯的地方和十字路口，都有民警值勤，他们穿着制服，戴着白手套，显得很神气。

瓦西里耶夫决定就在这一天对诺尔卡进行一次最严峻的考验。头一天，他对马里宁说："明天是考验诺尔卡的最好机会。您平时上班走的主要干道将禁止通行，这样一来，去医院就得经过车站大桥，要绕 1.5 公里的弯路。在这么复杂的条件下，看看它能不能独立辨别方向，把您带到医院。"

"好，那就试试吧，"马里宁表示赞同，"不过，您还记得不久前诺尔卡发生过的那件事吗？"

"记得，当时诺尔卡的表现很有意思。"

那一次，马里宁从医院往家里走。他知道，从街上拐弯的地方再走 62 步就到家了。这个距离是在诺尔卡来之前，他就量准了的。这天诺尔卡却有点儿反常：他们该朝家门口拐弯了，诺尔卡却带着主人一直朝前走。马里宁拽拽缰绳说："诺尔卡，向左拐，回家！"

可是诺尔卡仍旧拉着他朝前走。马里宁感到莫名其妙：它怎么啦？今天为什么不听话了？但他下决心继续跟着诺尔卡走，以便弄明白它为什么要偏离固定的路线。马里宁这时并不知道，他的儿子维佳正在邻近一幢楼房前玩耍。诺尔卡发现了维佳，这才要把主人拉到他儿子身边去。维佳正与伙伴们玩得快活，直到爸爸和诺尔卡来到他的面前，他才发现。

"爸——爸。"他嚷起来了。小家伙丰满的脸蛋上全是泥土，头发也弄脏了。他走近诺尔卡，抱住它的脖子不停地亲它。

对诺尔卡这次自作主张的行动，马里宁很高兴，也感到惊奇。不过，这一次它得完成更加艰巨的任务：要从平时固定路线的右边，朝着车站大桥的方向走，以寻找出一条绕弯的新路线。诺尔卡会不会从平时经过的那座大桥向右拐,或者带领他朝左边走,它能找到别的大桥过河吗?

他们乘车来到市苏维埃广场。由于要举行接力赛,电车不能再往前开了。瓦西里耶夫提前下车,钻进人群中,从远处观望着诺尔卡的行动,同时也好关照马里宁。一开始,诺尔卡东张西望,有点儿不知所措。它从来没有在这儿见过这么多的人,觉得似乎是到了一个完全陌生的地方。成群结队的观众为运动员呐喊助威。青少年运动员穿着花花绿绿的短裤、汗衫,有的站在原地不动,有的走来走去,他们都做好了准备,只要一声令下就跑猛冲。

马里宁感觉到诺尔卡正在犹豫不决,就下达了命令:"诺尔卡,朝前走!"

诺尔卡带领着主人穿过街心花园,朝一座大钟走去,平时他们就是从那里向右拐,再沿着大街的人行道往前走的。

人们为他们闪开一条道,还不时传来热心人的声音:"大家让开一条路!您走过来吧!"街心花园出口处的大钟旁边,有个民警在值勤,他拦住马里宁的去路,有礼貌而又明确地说："公民，这里不能通过，请……"

"诺尔卡，往回退！"马里宁说着就把缰绳往后拽。诺尔卡一开始对着阻挡他们去路的民警狂叫不止，但一听见主人的吩咐，便立即安静下来。它看看主人，再掉头往回走。

带主人到什么地方去？现在又该往哪儿走呢？这让诺尔卡太为难了。

"诺尔卡，上班，上班去！"马里宁一个劲地提示和命令着。在远处观望的瓦西里耶夫开始警觉起来，现在到关键时刻了，它会把主人往哪条路上引呢？

诺尔卡向右走，穿过街心花园，沿喷泉边朝一座五层楼的宾馆走去。这时，包里斯的好朋友科契特可夫发现了他们。

"包里斯，快看，你的诺尔卡！"

包里斯回头看见了马里宁和诺尔卡，他们正穿过人群让出来的通道，朝宾馆走去。

宾馆旁边有一条和列宁大街平行的小街。诺尔卡带领马里宁走上这条小街，经过两幢住宅楼，爬上了一座山，那儿有一个圆柱环绕的大剧院。从山上可以清楚地看到在宽阔的大街上赛跑的运动员。

剧院后面的低处有一座跨河的大桥，诺尔卡就是经过这座大桥带着主人去上班的。今天它终于绕道把主人带上了熟悉的路线。

"如此这般，真是太妙了！"瓦西里耶夫从远处看到自己训练出来的狗这么了不起，忍不住自言自语，"现在得看你下一步怎么办了……"

民警在桥边站成一长排，摆开阵势不让任何人上桥。诺尔卡停在民警筑成的人墙前，望望主人，似乎在问他："现在该怎么办？"

"诺尔卡，往后退！上班，上班去！"马里宁说。

狗听了转身带着主人沿着河岸向右边走去。

"对，就这样走！"马里宁低声说。

顺河流而下，在离这座桥半公里远的河面上，还有另一座大桥，那就是车站大桥。

去年，诺尔卡曾经跟着包里斯沿这条河岸散步，在河里洗澡、游泳。当时，诺尔卡的一条腿受伤了，小主人带着它去兽医站医治，不止一次地经过车站大桥。

要到医院去，必须经过这座桥，然后走过三幢楼房再往左拐弯，绕过工人城的新工地，才能到达医院所在的红军大街。

"方向找对了，"瓦西里耶夫暗想，他一直从远处注视着马里宁和诺尔卡的行踪，"下一步，它还能继续识别方向吗？"

瞧！他们又来到了这座钢筋水泥大桥。诺尔卡顺右边紧靠铁栏杆领着主人过桥了。

这时，身后突然传来一种奇怪的轰鸣声，这是一辆装满一捆捆扁形钢材的大汽车，钢材在汽车尾部甩出一条长尾巴，晃晃悠悠互相碰撞发出阵阵刺耳的声音。诺尔卡战栗了一下，回过头望一望。

汽车拖着长长的钢尾巴哗啦哗啦地过了桥，在转弯的地方消失了。

"诺尔卡，朝前走！"马里宁下了命令。

狗带领着主人过了桥，又经过古城的几间木屋，这古城像一个肮脏的村落。

诺尔卡钻进一条小巷，出乎意料地碰上了工人城的新工地上的一堵高高的围墙，围墙里边是一幢幢尚未竣工的四层楼房。

诺尔卡停下来，似乎是思考了一阵，接着它又朝右边走去。他们终于绕完了像是长得没有尽头的这堵围墙，然后右转弯来到了红军大街，找到了医院。

诺尔卡按照自己找到的一条新路线，终于把马里宁带到了目的地。快要到达医院时，瓦西里耶夫疾步赶上了马里宁，他特别激动地说："好极了，马里宁！现在我可以很有把握地向教授报告，诺尔卡已经通过了独立识别方向的考试，这真是件了不起的事！"

马里宁立即拿出诺尔卡最爱吃的灌肠来犒劳它。他摸摸它的头，兴奋而又亲昵地说："好，诺尔卡，太好了！"

诺尔卡龇露出白牙，用尾巴拂拂新主人的大腿，轻轻叫了几声，像是在唱一首欢快的狗狗之歌。

再见

为欢送瓦西里耶夫，马里宁、莲娜和包里斯都来到了火车站。包里斯是瓦西里耶夫特地请来的。他想对诺尔卡再进行一次严峻的考验。只有这样，他离开马里宁以后才会完全放心。

他们坐在车站前面花园里的一条长凳上。包里斯故意在远处来回走动，而且装作不认识他们。

他们站起来，向车站走去。宽阔的入口处挂着一个邮箱。诺尔卡在台阶上停下来。

马里宁用拐杖触碰台阶走进小广场。他从兜里摸出一封信，故意把手一松，信掉在了地上。

"诺尔卡，捡起来！"

诺尔卡叼起信，将它送到主人手中。

"好，诺尔卡，太棒了！"马里宁鼓励它说，同时摸摸它的脑袋。

马里宁把信投入邮箱。他们走进了宽敞、明亮的车站大厅，四壁的玻璃窗大得几乎像是一面面玻璃墙。马里宁紧紧握住了瓦西里耶夫的手："真感谢您为我操劳，瓦西里耶夫！诺尔卡就像我的一双眼睛。"

"您怎么这样说……"瓦西里耶夫也非常激动，"这是我们应该做的。不过，你们以后要给我写信，谈谈诺尔卡的表现。"

"我们会写的，一定写！"

"叔叔，请您以后还到我们这儿来！"莲娜对瓦西里耶夫说，用一双闪烁着的眼睛盯着他。

列车已进入车站，他们走上站台。乘客们拥进车厢。瓦西里耶夫等到站台已经空了，他才朝自己的车厢走去。他踏上车厢的吊梯之后喊道："诺尔卡，到我这儿来！"

诺尔卡哆嗦了一下，望望瓦西里耶夫，又看看马里宁。但它仍然一动不动地待在原地。瓦西里耶夫的脸上露出了微笑。

"太好啦！"瓦西里耶夫大声地说。

这时候，包里斯不知从什么地方来到了马里宁的跟前，拿出一节灌肠对诺尔卡说："诺尔卡，吃吧，你吃呀！"

诺尔卡摇摇尾巴，伸长脖子正要凑上前，马里宁严厉地命令道："不行！"

诺尔卡乖乖地转过头来，身子紧紧贴着马里宁的腿，再也不理会那个灌肠了。不过它仍盯着包里斯。包里斯一转身，边走边嚷道："诺尔卡，跟我来呀！"

诺尔卡望着马里宁，好像在问："我可以去吗？"主人站在那里默不作声。不，诺尔卡意识到不能扔下主人不管，所以它就再也没有挪步。这时，包里斯已走出站台，过了车站拐角处，连他的影子也看不到了……

诺尔卡听到了马里宁的赞扬声："好，诺尔卡，太好了！"

"叔叔，再见！"莲娜向瓦西里耶夫一边挥手一边喊道。

"再——见！"瓦西里耶夫也朝她大声嚷道。

马里宁在挥手告别之后，下命令说："诺尔卡，回家！"

忠诚的导盲犬拉紧系绳，带领着新主人朝出口处走去。它警觉地注视着前方，那么沉着、镇静，那么从容不迫……